Barbara Büchner

DAS HAUS AM WALDRAND

Barbara Büchner

DAS HAUS AM WALDRAND

Mystery-Thriller

BLITZ

Redaktion: Jörg Kaegelmann
Umschlaggestaltung und Satz: Mark Freier
Illustration: www.ralph-kretschmann.de
Druck und Bindung: Drogowiec, EU

www.BLITZ-Verlag.de
ISBN 978-3-89840-280-4

ERSTES KAPITEL

„Unser nächster Halt ist ..."

Der Zug bremste mit einem lang anhaltenden Quietschen und übertönte die Lautsprecherdurchsage. Das Metall kreischte so fürchterlich, dass Leonie Helderkamp versucht war, die Hände auf ihre Ohren zu pressen.

Mit einem heftigen Ruck kam die Bahn zum Stillstand.

Leonie dachte an ihre Eltern. Sie hätten sich bei dem Gedanken amüsiert, dass ihr kleines Städtchen in der früheren Heimat der Bahngesellschaft nur als Endstation diente. Allen Bemühungen des Familienoberhauptes Jörg Rendel zum Trotz, aus dem Nest eine bedeutende Ortschaft zu machen.

Leonie erhob sich von ihrem Sitz und schritt vorsichtig durch den heftig wackelnden Wagon zum Ausstieg. Hinter den dunstbeschlagenen Scheiben war nur die trübe Finsternis einer tiefen Winternacht zu sehen. Der Bahnhof wurde nur unzureichend beleuchtet. Das Städtchen wirkte auf sie wie ausgestorben. Nur wenige Lichter glimmten in der Dunkelheit.

Sie wischte über die beschlagenen Scheiben und erkannte schemenhaft den Bahnhofsvorplatz. Der Zugführer wiederholte die Lautsprecherdurchsage. Sie galt Leonie allein, denn niemand sonst wollte an diesem Abend mit dem Zug in dieses scheinbar verlassene Städtchen.

Eine Sekunde lang ging ihr folgender Gedanke durch den Kopf: War sie womöglich nicht die Einzige, die diese Warnung erhalten hatte, und hatten andere im Gegensatz zu ihr darauf gehört? Vielleicht war schon seit Tagen niemand mehr hierhin gelangt, und der Ort war eine Geisterstadt? Oder würde ihr Großvater gar nicht kommen, um sie abzuholen und sie hier in der Dunkelheit frieren lassen?

Sie schüttelte energisch den Kopf.

Unsinn!, sagte sie sich. Diese ländlichen Orte machten in der Regel schon um acht Uhr abends alle Schotten dicht. Und der scharfe Eiswind verlockte auch nicht dazu, im Freien herumzulungern.

Tapfer sprang sie mit ihren beiden Koffern in die Kälte der Nacht und blickte sich lauernd nach allen Seiten um. Gott, was für eine Geisterstadt! Schattenhaft erkannte sie finster dreinblickende Backsteinhäuser. In den Prospekten hieß das sicher *ländliche Idylle.*

Leonie schauderte, als ein kalter Windstoß aus den höher gelegenen Wäldern herab rauschte und durch ihre dicke Plüschjacke drang. Von Anfang an war sie von der Mission nicht sonderlich begeistert gewesen, mit der ihre Eltern sie in ihre alte Heimat geschickt hatten. Aber sie hatte verstanden, dass es für ihre Mutter zu peinlich gewesen wäre, selbst zu fahren, und völlig unmöglich für ihren Vater, den ihr Großvater von Anfang an nicht hatte ausstehen können, weil er in Siegen geboren war. Für Jörg Rendel war jeder ein Ausländer, der nicht aus dem Städtchen stammte. Schon Leute, die aus den nur wenige Kilometer entfernten Nachbarorten kamen, schienen ihm fremd und verdächtig.

„Werden Sie abgeholt, Fräulein?"

Leonie fuhr erschrocken herum. Sie hatte niemanden kommen gehört. Der Zug zischte und schnaufte immer noch und hatte das schwache Knirschen der Schritte im dicken, frisch gefallenen Schnee übertönt. Jetzt sah sie, dass es ein alter Mann war, der ihr die Frage gestellt hatte. Seine Brillengläser funkelten im gelben Licht der Lampen, die den Bahnsteig erhellten. Der rechte Arm hing schlaff und verdreht im Ärmel.

Der Alte deutete auf ihre beiden Koffer. „Die wollen Sie doch wohl nicht schleppen?"

„Nein." Sie lächelte ihn an. „Ich werde abgeholt."

Er musterte sie neugierig.

„Für Feriengäste ist jetzt nicht die richtige Zeit", bemerkte er, sichtlich bemüht, ihr möglichst viele Informationen zu entlocken.

„Ich bin kein Feriengast." Es machte ihr nichts aus, ihn wissen zu lassen, wer sie war. Wahrscheinlich wusste inzwischen ohnehin schon das ganze Städtchen, dass sie mit dem Acht-Uhr-Zug ankommen würde. „Ich bin Bürgermeister Rendels Enkelin ... Ich besuche ihn."

Der alte Mann warf einen neugierigen Blick auf die Straße vor dem Bahnhofsplatz, deren Asphaltband jenseits des Bahnhofs rasch in der Dunkelheit versank. „Wusste gar nicht, dass Rendel eine Enkelin hat."

„Eigentlich lebe ich in Köln. Ich komme nur zu Besuch."

„Aha, wohl auf Weihnachtsbesuch?", fragte der Alte neugierig. „Oder aus einem anderen Anlass?"

Leonies Blick hing an zwei Lichtpunkten, die plötzlich zwischen den Häusern aufgetaucht waren und jetzt rasch näher kamen. Ihr Besuch war eine diplomatische Mission. Die Eltern hatten ihre Tochter Leonie gewissermaßen als Friedenstaube zu ihrem Großvater geschickt, um den Riss zu kitten, der seit vielen Jahren zwischen ihnen und dem alten Mann bestand.

„Nur so", sagte Leonie. Den Alten gingen die Probleme ihrer Familie nun wirklich nichts an.

Der ließ sich jedoch von ihrer brüsken Antwort nicht einschüchtern.

„Jetzt ist keine gute Zeit, um unser Städtchen zu besuchen", meinte er mit gedämpfter Stimme.

Sie starrte ihn nur fragend an.

„Keine gute Zeit", wiederholte er. Das Licht glitzerte auf seinen Brillengläsern und verwandelte seine Augen in zwei glühende Scheiben. „Besuchen Sie uns im Sommer wieder, Fräulein. Im Sommer können Sie unbesorgt kommen. Aber nicht jetzt. Fahren Sie lieber wieder nach Hause."

Leonie wandte ihm abrupt den Rücken zu. Der Alte schien nicht ganz richtig im Kopf zu sein, und sie hatte keine Lust mehr, mit ihm zu reden. Außerdem erinnerten seine Worte sie erneut an die merkwürdige Nachricht, die sie erhalten hatte, bevor sie nach mehr als zwölf Jahren ihren Geburtsort wieder besuchte. Eine Mitteilung, die sie erschreckt, aber auch neugierig gemacht hatte.

Sie zerrte ihre Koffer am Bahnhofsgebäude vorbei.

Der Platz lag in tiefer Düsternis. Der Wagen war offenbar vorbeigefahren.

*

Sie musste keine zwei Minuten warten, bis erneut zwei Lichtkegel auftauchten und ein pflaumenfarbener Volvo auf den Parkplatz direkt neben dem Bahnhof fuhr. Ein Mann in einem dunkelblauen Mantel stieg aus und winkte ihr lebhaft zu. „Hey, Leonie! Hierher! Ich bin's!"

Sie eilte dem Mann entgegen und reichte ihm die Hand. „Hallo."

Nach dem ersten Wort brach sie abrupt ab. Sie brachte es nicht über sich, ihn *Großvater* zu nennen. Und schon gar nicht *Opa*. Also wiederholte sie ein wenig unsicher: „Hallo. Da bin ich."

Seine braunen Augen musterten sie mit einem zugleich

eindringlichen und unsicheren Blick. Er war ein sportlicher Mann von fünfundsechzig Jahren, mit dicht gelocktem grauem Haar und einem derben, von der Sonne dunkel gebräunten Gesicht. Für Leonie war er ein Fremder, obwohl die Eltern ihr einmal sein Foto in einer Provinzzeitung gezeigt hatten. Sie musste ihm ebenso fremd sein. Wäre sie ihm irgendwo auf der Straße begegnet, so hätte er sie wohl ebenfalls nicht erkannt. Bei dem kalten Krieg, der in den letzten zwölf Jahren zwischen den beiden Teilen der Familie geherrscht hatte, war niemand in der Laune gewesen, Kinderfotos zum Großvater zu schicken.

Offenbar hatte Rendel ihre Verlegenheit bemerkt, denn er verzichtete auf weitere Höflichkeitsfloskeln und deutete auf den Wagen. „Na komm, steig ein, bevor du anfrierst. Ich schnapp mir deine Koffer."

Leonie kletterte auf den Beifahrersitz. Als sie ein Sichtloch in die beschlagene Scheibe wischte und hinausspähte, sah sie den alten Mann, der sie angesprochen hatte. Er war ihr auf den Bahnhofsvorplatz gefolgt. Neben ihm standen zwei weitere Männer und eine Frau, die sie ebenfalls neugierig beobachteten. Der Alte schüttelte immer wieder heftig den Kopf, als wollte er sagen: „Das darf doch nicht wahr sein!"

Das ist also mein Heimatstädtchen, dachte Leonie. *Ich werde mich wohl daran gewöhnen müssen, hier auf Schritt und Tritt begafft zu werden.*

*

Der pflaumenfarbene Volvo rauschte durch die Straßen des Städtchens, und das Radio unter dem Armaturenbrett spielte fröhliche Trucker-Songs. Die Scheinwerfer schienen das Dunkel beiseite zu schleudern wie ein Schneepflug die Schneeverwehungen.

Die einzelnen Flocken, die aus dem Himmel herab rieselten, leuchteten hell im Licht der Autolampen. Leonie staunte, wie unberührt die Landschaft hier keine zehn Schritte vom Straßenrand entfernt war. Vereinzelte Bäume standen von Raureif umkleidet da, kein Fußstapfen zerstörte das glatte Weiß des Schnees. Die Welt rundum lag in tiefer Finsternis.

Jörg Rendel wandte sich seiner Enkelin zu. „Na, Leonie? Wie fühlst du dich so, jetzt, wo du Weihnachten wieder zu Hause verbringst?“

Das Mädchen zögerte mit der Antwort. Was sollte sie ihm schon sagen? Wieder daheim? Was hieß das schon! Sie war gerade erst fünf Jahre alt gewesen, als sie ihren Geburtsort das letzte Mal gesehen hatte.

Damals hatten ihre Eltern das Städtchen und ihren Großvater verlassen und waren nach Köln gezogen, um sich ein eigenes Leben aufzubauen. Vor allem ihre Mutter hatte große Pläne gehabt und wollte ins Filmgeschäft einsteigen. Alle ihre Verwandten – allen voran Jörg Rendel – hatten prophezeit, es werde ihr misslingen. Aber Veronika Helderkamp hatte es schließlich sogar geschafft, als Regisseurin von Dokumentarfilmen beim Fernsehen Karriere zu machen. Sie war glücklich mit ihrem Beruf, ebenso wie mit ihrer Ehe und ihrer einzigen Tochter Leonie. Alles hätte so schön sein können.

Jörg Rendel hatte seiner Tochter und seinem Schwiegersohn jedoch viele Jahre lang nicht verziehen, dass sie ihn verlassen hatten. In seinen Augen war es eine unverschämte Beleidigung gewesen, nicht nur für ihn persönlich, sondern für das ganze Städtchen, dass irgendjemand dem Ort den Rücken zu kehren wagte, in dem er Bürgermeister war. Dieses Nest hier war für ihn die Welt, und er konnte nicht verstehen, warum jemand einen Ort verlassen wollte, an dem es überreichlich alles Gute gab, das Gott geschaffen hatte, um in eine lärmende, schmutzige und gefährliche Großstadt wie Köln zu ziehen.

Jetzt erwartete er wohl, dass Leonie glücklich war, der kölschen Metropole zu entkommen, um wieder anständigen Boden zu betreten. Sie wollte ihn nicht kränken, aber sie fand es auch ziemlich albern, so tun zu müssen, als sei sie begeistert von der Aussicht, zwei Wochen lang im Hinterwald festzusitzen. Am besten, sie redeten über irgendetwas anderes.

Leonie überlegte noch, wie sie das Thema wechseln sollte, da fiel ihr der Alte auf dem Bahnhof ein. „Eben hat mir jemand gesagt, jetzt sei keine gute Zeit, um *dein* Städtchen zu besuchen", bemerkte sie. „Warum denn das?" Ihr Großvater warf ihr einen unerwartet scharfen Seitenblick zu, einen richtigen Raubvogelblick. „Wer hat das gesagt?"

„Ein alter Mann auf dem Bahnhof. Klein, mit weißen Haaren und einem verdrehten Arm."

Rendel atmete tief durch, dann schnalzte er verächtlich mit der Zunge. „Ach, der krumme Rösel ... das ist ein Narr. Früher war er Gleiswärter, bis ihn einmal ein Güterzug beinahe überfahren hätte, seither spinnt er. Geh ihm lieber aus dem Weg, manchmal wird er lästig. Im Ernst, Leonie, du bist doch hoffentlich nicht verärgert, weil du Weihnachten hier bei mir verbringst, oder?"

„Nein, das sicher nicht", antwortete Leonie lächelnd, und vorsichtig setzte sie hinzu: „Aber es ist lange her, seit ich zuletzt hier war. Damals war ich ein kleines Mädchen, und inzwischen bin ich siebzehn ... Das ist eine ziemlich lange Zeit. Hier hat sich wahrscheinlich viel verändert."

Ihr Großvater lächelte stolz. Leonie merkte ihm an, dass er alle erfreulichen Veränderungen in *seinem* Städtchen auch *seiner* eigenen Tüchtigkeit zuschrieb. „Ja, kann man schon sagen. Wir haben viel modernisiert. Das Schwimmbad wurde ausgebaut und auch das Hotel am Schlossplatz, das jetzt Anna-Maria Schaller gehört. Erinnerst du dich eigentlich noch an Tante Anna-Maria? Eine große Frau, bei der wir manchmal sonntags eingeladen waren. Du hast oft mit ihrem Cockerspaniel gespielt ... einem kleinen schwarzweißen Hund."

Leonie runzelte die Stirn. Irgendwo in den Tiefen ihrer Erinnerung tollte ein Hund herum, der ein bunt getupftes Bällchen in der Schnauze trug. Und Tante Anna-Maria ... Ja, da war jemand gewesen. Eine Frau, groß, athletisch, auffallend gekleidet. Eine Frau, die Sandwiches auftischte. Ihr blondes Haar hatte einen seltsam kristallenen Glanz gehabt – wie frisch gefallener Schnee. Und auch in ihren Augen war etwas Merkwürdiges gewesen ... etwas Eisiges wie in den Augen der Schneekönigin in Andersens Märchen. Aber die Erinnerung daran war äußerst verschwommen.

„An ihren Sohn erinnerst du dich auch nicht? An Severin?", forschte Rendel weiter. „Damals warst du ganz verliebt in ihn, du bist ihm auf Schritt und Tritt nachgelaufen. Er war zehn Jahre alt und gerade in dem Alter, in dem er kleine Mädchen am allerwenigsten mochte. Er drohte immer, er würde dich verprügeln. Ich glaube, er hat es sogar getan, aber du warst trotzdem völlig vernarrt in ihn. Bin gespannt, wie er dir jetzt gefällt."

Leonie lächelte. „Na, inzwischen ist er dreiundzwanzig und vielleicht schon verheiratet."

„Severin? Der? Da täuschst du dich gewaltig. Die Frau muss erst noch geboren werden, die es mit dem Irren aushält. Er war schon als Junge ein Spinner, und jetzt ..." Er schüttelte den Kopf und schwieg.

Die Straße krümmte sich und stieg höher an. In Leonie kam der Verdacht auf, dass ihr Großvater einen Umweg fuhr. Der Volvo glitt an einem im Scheinwerferlicht glitzernden, eisbedeckten Bächlein vorbei und passierte kurz darauf ein dunkles villenähnliches Gebäude, das ganz für sich allein am Waldrand stand.

Leonie spürte plötzlich, wie sie eine Welle des Unbehagens überlief, und wandte sich um. Das Türmchen sah harmlos genug aus, wie es da vor den von Schnee bedeckten Bäumen am Waldrand aufragte, aber es rief unbestimmte, unerfreuliche Erinnerungen in ihr wach. Der Anblick verband sich in der Erinnerung mit heftigen Vorwürfen ihrer Mutter.

Geh da nie wieder hin, hörst du? Nie wieder! Dort wohnen Landstreicher, die kleine Mädchen verschleppen und verkaufen ...

„Was ist das? Da hinten? Das Haus mit dem vielen Efeu und dem seltsamen Türmchen?“, fragte sie neugierig.

Rendel wandte sich um. „Das? Oh ... das ist die Ketzervilla. Eine Ruine, die seit Jahrzehnten vor sich hin gammelt. Hast du schon zu Abend gegessen?“

Die Frage kam ziemlich sprunghaft. Leonie warf ihrem Großvater einen prüfenden Blick zu und suchte in seinem Gesicht nach einem Anzeichen für die Unruhe, die sich in seiner Stimme widerspiegelte.

Warum wirkte Jörg Rendel so nervös? Dass ein Mädchen Angst vor einer so einsam liegenden Ruine hatte, war verständlich, vor allem, wenn man diesem, mit Schauergeschichten von Kinder verkaufenden Landstreichern, Angst machte. Aber ein gestandener Mann?

Sie hätte zu gerne nachgefragt, warum das Gebäude Ketzervilla genannt wurde. Sie erinnerte sich, dass sie das Wort als Kind gehört hatte. Lange Zeit hatte sie gedacht, es habe etwas mit Katzen zu tun, und eines Tages hatte sie ihre Mutter danach gefragt. Merkwürdig, wie die Worte auf einmal aus ihrer Erinnerung aufstiegen.

Das sind keine Katzen, Liebes. Ketzer sind böse Menschen, die nicht in die Kirche gehen. Man darf nichts mit ihnen zu tun haben.

Das war alles, und so hatte Leonie in ihrer Kleinmädchenlogik angenommen, es handelte sich um dieselben bedrohlichen Leute, vor denen ihre Mutter sie ebenfalls warnte, ohne ihr Näheres zu erklären. Leute, die kleinen Mädchen Schokolade anboten und dafür verlangten, dass sie ihre Strumpfhosen auszogen.

Sie hatte ihre Mutter immer für sehr fortschrittlich und weltoffen gehalten. Aber zumindest damals, als sie alle noch im Städtchen wohnten, war sie genauso verklemmt gewesen wie alle anderen dort. Oder hatte sie nur Angst gehabt, sich anmerken zu lassen, dass sie nicht so war wie alle anderen?

Leonie stellte keine Fragen mehr, und ihr Großvater fuhr schweigend weiter. Sie wölbte die Hände am Fensterglas und spähte in das undurchdringliche Dunkel dieser Winternacht. Jetzt war sie ganz sicher, dass Rendel einen Umweg gefahren war. Vielleicht wollte er ihr nur etwas von ihrer alten Heimat zeigen? Doch hätte das nicht Zeit bis morgen gehabt?

Die Scheinwerfer erfassten nur die Landschaft unmittelbar am Straßenrand, und dort fielen ihr Haufen von Bruchholz und umgestürzte Telegrafenmasten auf. Die Straße war offenbar erst vor kurzem hastig geräumt worden. Wäre der frisch gefallene Schnee nicht gewesen, der alles mit seinen Daunenkissen zudeckte, so hätte sie ein Bild der Verwüstung vor sich gehabt.

„Bei euch hat es Sturm gegeben, sehe ich“, bemerkte Leonie.

Ihr Großvater nickte. „Vergangene Woche. War ziemlich schlimm ... Viel Windbruch, die Telefonleitungen wurden beschädigt, und ein paar Schuppen und Heuhütten hat der Sturm förmlich auseinandergerissen. Die wenigen Touristen sind abgereist. Für die Wirte ist das Weihnachtsgeschäft gelaufen."

Leonie nickte. In Köln hatte sie von einem Sturm nicht viel mitbekommen, den wirklichen Schrecken hatte sie im Fernsehen gesehen. Zerrissene Hochspannungsleitungen, abgedeckte Dächer, entwurzelte Bäume.

Ihr Großvater war schon wieder bei einem anderen Thema.

„Ich hoffe, es macht dir nichts aus, dass ich dich bei Tante Anna-Maria im Hotel einquartiert habe", sagte er, während er den Volvo auf eine steil bergab führende Straße lenkte. „Sie stellt dir ein Zimmer zur Verfügung ... wenn du einverstanden bist."

„Gerne", antwortete Leonie rasch. Sie war froh, dass sie nicht bei ihm wohnen musste. Es wäre ihr peinlich gewesen. Sie war kein kleines Kind mehr, und welchen Platz er auch in ihrem Stammbaum einnehmen mochte – für sie war er ein Fremder.

*

Endlich stoppte der Wagen auf einem erleuchteten Platz. In dessen Mitte erhob sich auf einem Podium ein Weihnachtsbaum, eine Blautanne von gut vier Meter Höhe. Die elektrischen Kerzen brannten, und der Baum mit seinen zahllosen bunten Kugeln und Zapfen und Girlanden gleißte und schimmerte in der schwarzen ländlichen Nacht, sodass Leonie an die wunderbaren Juwelenbäume aus orientalischen Märchen denken musste.

Bürgermeister Rendel zupfte an seiner wattierten Jacke herum. „Willkommen daheim, wenn ich so sagen darf."

Leonie warf einen hastigen Blick in die Runde. Außer dem Weihnachtsbaum hatte das Zentrum des Städtchens kaum Attraktionen zu bieten. Ein paar Cafés im Erdgeschoss der Häuser, die den Platz umgaben, eine Anzahl hübscher alter Gebäude mit Stuckfassaden, ein klassizistisches Rathaus und das zum Hotel umgebaute Herrenhaus, dreistöckig, mit einer dekorativen verglasten Kuppel.

An vielen Türen hingen bunte Kränze aus Reisig und Strohblumen, Bändern und Zapfen. Die meisten Fenster rundum waren bereits dunkel, die Jalousien herabgezogen. Man ging früh schlafen.

„Kalt habt ihr's hier." Leonie zog ihre rote Plüschpelzjacke um die Schultern enger zusammen. Sie kletterte aus dem Wagen und atmete tief die eisige Nachtluft ein, die hier so viel würziger schmeckte als in Köln. Kein Vergleich zu der Domstadt, die sie heute Nachmittag verlassen hatte. Dort war Winter meist nur dreckiger Schneematsch, Rollsplitt auf den Gehwegen, hier und dort höchstens eine gefrorene Pfütze.

Der Wind, der von den finsteren Hängen herabwehte, war klirrend kalt. Die Sterne hingen wie Weihnachtsdekorationen am Himmel. Leonie hörte das leise Plätschern eines Flüsschens. Unbestimmte Erinnerungen tauchten in ihr auf: Kleine Ruderboote ... eine Brücke ... Eis, das an dicken, grün bemoosten Pfosten klebte wie Zuckerkrusten ... dann wieder fröhliche blaue Wellen, auf denen Miniaturboote mit Segeln aus Huflattichblättern schwammen. Hatte sie im Sommer in diesem Flüsschen gebadet? Hatte sie Steine über das Eis schlittern lassen oder sich im Hochsommer die Füße im Wasser gekühlt?

Sie konnte sich nicht mehr daran erinnern.

Leonie merkte, dass sie müde wurde. Immerhin war sie den halben Tag unterwegs gewesen. Das Städtchen lag zwar gar nicht so weit von Köln entfernt, doch die Zugverbindungen waren schlecht. Man musste zwei Mal umsteigen und eine lange Wartezeit auf dem zugigen Siegener Bahnsteig in Kauf nehmen.

Ein kalter Schauder der Erschöpfung überlief sie und sie wünschte sich ein Bett.

Jörg Rendel holte ihre Koffer aus dem Wagen und brachte sie in die Rezeption des Hotels. Dann wartete er, bis der Page kam, um ihr Gepäck aufs Zimmer zu tragen.

Leonie sah sich um. Das Hotel gehörte zur gehobenen Mittelklasse und zeugte von behäbiger, bäuerlicher Gemütlichkeit. Am Treppenaufgang stand eine Ritterrüstung. An den getäfelten Wänden hingen Hirschgeweihe und Wildschweinschädel. Ein breites Regal hinter der Rezeption war mit einer Unzahl mächtiger zinnerner Humpen gefüllt.

Rendel räusperte sich. „Na, dann ... bis morgen, Leonie."

„Gute Nacht", sagte Leonie, ohne ihm die Hand zu reichen oder die Wange zum Kuss hinzuhalten.

Er sah sie nachdenklich an.

„Gute Nacht", wiederholte er leise und wandte sich ab.

*

Eine Viertelstunde später saß Leonie in ihrem Hotelzimmer und schrieb in sorgfältiger Schrift ihre tägliche Eintragung ins Tagebuch. Dann blickte sie sich um. Das Zimmer war hübsch, aber nichtssagend, wie es Hotelzimmer eben sind. Auf dem Nachttischchen lag in einer kleinen Schale ein kleines Schokoladentäfelchen mit dem Aufdruck *Herzlich willkommen*. Leonie lächelte, während sie die Süßigkeit aß.

Ihr Zimmer zeichnete sich durch eine Besonderheit aus. Es lag an der Ecke des Gebäudes und hatte einen gut ausgeleuchteten Erker. Leonie zog die Vorhänge zu und begann sich auszukleiden. Dann ließ sie Wasser in die Badewanne, und während es plätschernd aus dem Hahn lief und sich Wolken von weißem Schaum bildeten, betrachtete sie sich nachdenklich im Spiegel.

Leonie Helderkamp, klein und schmächtig, sodass man sie oft jünger schätzte, als sie tatsächlich war. Ihr rötliches Haar, das unter den Ohren gerade abgeschnitten war, bauschte sich dicht und füllig um den Kopf. Man müsste es mit der Heckenschere schneiden, pflegte ihr Vater scherzend zu sagen. Sie hatte eine blasse Haut, Sommersprossen – viel zu viele Sommersprossen, wie sie meinte – und eine drollig spitze Nase, über die sie sich manchmal etwas ärgerte. Sie war der Meinung, sie sähe damit aus wie eine Spitzmaus. Als sie noch ein Kind gewesen war, hatte ihre Mutter oft gesagt, sie finde Spitzmäuse süß und hätte nichts dagegen, eine Spitzmaus zur Tochter zu haben. Trotzdem mochte Leonie ihre Nase nicht.

Sie nahm ein ausgiebiges Bad in Wolken von Lavendel duftendem Schaum. Im Pyjama kehrte sie ins Zimmer zurück, löschte das Licht und zog die Vorhänge vor dem Erkerfenster zurück. Das glänzende Licht eines Wintervollmonds floss in einer breiten Bahn in den Raum. Sie wischte ein Loch in den Dunst auf der Scheibe und spähte hinaus.

Es war totenstill. Das ganze Städtchen lag in tiefem Schlaf. Für Leonie, die zu Hause an einem grellbunt erleuchteten und bis weit in die Morgenstunden geschäftigen Platz nahe der Innenstadt wohnte, war die Stille geradezu unbehaglich. Kein Motorengeräusch, kein Gelächter angeheiterter Nachtschwärmer, kein lärmender Zank auf offener Straße. Sie musste an die Städte im Märchen denken, deren Bewohner alle in verzaubertem Schlaf lagen.

Mit einem leisen Schauder ließ sie den Blick über die unbeleuchteten Schaufenster gleiten, in denen die Schatten wie Gespensterkleider hingen. Schwarze Capes für Vampire, Leichenhemden für Spukgestalten ...

Sie zögerte einen Augenblick, dann hob sie die Hand und schrieb *ARMAGEDDON* mit dem Zeigefinger in den blassen Dunst auf der Scheibe.

Ein paar Sekunden lang standen die Buchstaben deutlich lesbar da, dann begannen sie an den Rändern zu zerrinnen. Sie wischte sie mit der flachen Hand weg. Ihre Handfläche wurde feucht von der Berührung. Feucht und sehr kalt.

Sie kehrte zum Tisch zurück, öffnete ihre Handtasche und zog ein Briefkuvert heraus, das in Schreibmaschinenschrift an *Fräulein Leonie Helderkamp* adressiert war. Es enthielt nur einen einzigen Briefbogen, der ebenfalls mit Schreibmaschine beschrieben war und keine Unterschrift trug. Der Text lautete: *Bleib weg von der Stadt, damit du nicht mit den anderen zusammen ins Verderben fällst, wenn der Schrecken von Armageddon über sie kommt.*

Über und unter diesem Unheil kündenden Satz standen, wie eine Zierleiste aneinandergereiht, folgende Namen: *Schaller, Nosbeck, Gurlinger, Oberon, Rösel, Hemmerer, Rendel, Poschke.*

Leonie hatte den anonymen Brief kurz vor ihrer Abreise erhalten. Der Poststempel war der des Städtchens. Dass viele Leute hier von ihrem bevorstehenden Besuch wussten, war nicht weiter ungewöhnlich. Ihre Eltern hatten mehrmals mit dem Büro des Bürgermeisters telefoniert, um ihren Aufenthalt zu arrangieren, und hier war es wie in den meisten Kleinstädten – ein Klatschnest eben.

Leonies erster Impuls war gewesen, mit dem Brief zu ihrer Mutter zu laufen. Aber dann hatte sie es sich überlegt. Was sollten ihre Eltern schon tun? Vielleicht würden sie sie auslachen, weil sie einen solchen Unsinn überhaupt ernst nahm. Ihr Vater gefiel sich darin, ein praktischer und vernünftiger Typ zu sein, der keinen Kopf für Firlefanz hatte, wie er oft sagte. Und ihre Mutter war in Gedanken ständig bei ihrem nächsten Film.

Leonie hatte also versucht, allein mit dem merkwürdigen Ereignis zurechtzukommen, doch sie wurde nicht klug aus dem Satz. Sollte es Warnung oder Drohung sein? Was hatten all die Namen zu bedeuten? Von welchem Schrecken und Verderben war die Rede? Der ganze Satz klang so altmodisch, so poetisch, als habe ihn jemand aus einem historischen Roman oder aus der Bibel entlehnt.

Sie musste an die Zeitung denken, die ihr die Putzfrau der Eltern, eine Zeugin Jehovas, vor Jahren einmal aufgedrängt hatte. Da war auch in einem fort von Armageddon die Rede gewesen, und die Seiten des Hefts waren voll von grellen, comicähnlichen Bildern brennender Städte, einstürzender Hochhäuser, tobender Wasserwogen und vom Erdbeben aufgeworfener Straßen.

Leonie, damals noch ein Schulmädchen, war ordentlich erschrocken, obwohl ihre Mutter nachher gesagt hatte, sie solle sich von den Sektierern nicht verrückt machen lassen. Und dann war dieses Wort gefallen: *Ketzer*. Urplötzlich war es wieder in ihrer Erinnerung aufgetaucht.

„Sind die Zeugen Jehovas Ketzer?", hatte sie ihre Mutter gefragt.

„Ja, aber sag das nicht vor der Putzfrau, ich will keinen Streit mit ihr."

„Die Leute, die in der Ketzervilla wohnten, waren das Zeugen Jehovas?"

„Nein, die waren noch viel schlimmer, aber jetzt lass mich in Ruhe."

Merkwürdig, wie das gesamte Gespräch plötzlich so lebhaft vor ihr stand, als hätte sie auf einem Dachboden voll

Gerümpel eine vergilbte Zeitung gefunden und könne die Schlagzeilen lesen, so klar wie an dem Tag, an dem sie gedruckt worden waren. Sie erinnerte sich genau, welche erschreckenden Bilder in ihrem Kopf durcheinander gewirbelt waren, Bilder von verkauften Kindern, finsteren Gestalten, die mit Schokolade lockten, zerberstenden Staudämmen und brennenden Städten. Aber sie hatte niemanden danach fragen können, nicht ihre Eltern und auch nicht die Putzfrau, die von ihrer Mutter Schelte bekommen hatte: „Ich bin sicherlich sehr tolerant, aber wenn Sie versuchen, meine Tochter zu missionieren, muss ich Sie entlassen!"

Sie kehrte zum Erker zurück und ließ ihren Blick von neuem über die schlafende Kleinstadt schweifen. Weit und breit war nichts zu entdecken, das nach Verderben aussah. Die Winterluft war klar und still. Das Flüsschen, das sich unter Brücken durch das Städtchen wand, konnte nur kleinen Kindern und Betrunkenen gefährlich werden. Die Hügel rundum sahen auch nicht so aus, als würden sie plötzlich Flammen und glühende Lava speien.

War der ganze Brief nur das Produkt einer wirren Fantasie? Oder konnte hier eine reale Gefahr auf sie lauern, und der Briefschreiber oder die Briefschreiberin, hatte die düster-poetische Formulierung nur zur Tarnung gewählt?

Das konnte ihr am ehesten jemand sagen, der im Städtchen zu Hause war. Also hatte sie beschlossen, den Brief mitzunehmen und ihn ihrem Großvater zu zeigen, sofern er ihr sympathisch war und sie das Gefühl hatte, dass sie ihm vertrauen konnte.

Konnte sie ihm vertrauen?

Sie kam zu dem Schluss, dass es noch zu früh war, darüber eine Entscheidung zu treffen. Schließlich stand sein Name auf einer Liste, von der sie nicht wusste, was sie zu bedeuten hatte.

Leonie versteckte den Brief wieder in ihrer Handtasche und ging zu Bett. Es war ein sehr bequemes Bett, und in der tiefen Stille und der frischen Luft war sie rasch eingeschlafen.

Dennoch schlief sie nicht besonders gut. Ein Albtraum quälte sie. Ein grauenhafter alter Mann, der einen schwarzen Talar wie ein Pfarrer trug, verfolgte sie durch unterirdische Gänge. Sein hageres, scharf geschnittenes Gesicht war gelb und trocken, Spinnweben klebten auf der hohen kahlen Stirn und spannten sich über die leeren Augenhöhlen. Das lange, gelblich weiße Haar sandte einen fahlen Schimmer aus, als brenne es. Der Alte schüttelte seine Fäuste in ihre Richtung. Er fauchte und zischte und stieß eine Flut von unverständlichen Flüchen aus.

Leonie rannte und rannte, doch der entsetzliche Verfolger kam immer näher. Schließlich holte er sie ein, gerade als sie eine steile Treppe hinunterlaufen wollte. Er packte sie, versetzte ihr einen heftigen Stoß, sie stürzte und rollte mit einem langen, gellenden Aufschrei die Treppe hinunter. „Mörder! Vater! Mörder!“

Immer wieder überschlug sie sich, ehe sie von der letzten Stufe in ein schwarzes Nichts fiel. Das letzte Bild, das sie in die Finsternis mitnahm, war das des Alten, der mit verschränkten Armen oben an der Treppe stand und mit finsterem Triumph in den Augen ihr Sterben beobachtete.

*

Mitten in der Nacht weckte Leonie ein donnernder Lärm, der in der tiefen ländlichen Stille besonders störend klang. Sie fuhr aus dem Schlaf hoch und starrte auf die grün leuchtenden Zeiger des Radioweckers. Es war fünf Minuten nach zwei Uhr morgens. Sie sprang aus dem Bett, schlich zum

Erkerfenster und spähte auf die Hauptstraße hinunter, die unter ihrem Fenster in den Schlossplatz mündete.

Der Lärm, der sie geweckt hatte, war das Motorengedröhn eines schnittigen tomatenroten Sportwagens, der rasant vor dem Eingang des Hotels gebremst hatte. Die Tür wurde aufgestoßen, der Fahrer stieg aus. Ein junger Mann, vielleicht Mitte zwanzig, schlank, fast hager. Er war in anthrazitfarbene Jeans, kniehohe Stiefel und eine auffallende, kürbisfarbene Bomberjacke gekleidet. Trotz der Kälte trug er keine Kopfbedeckung. Sein aschblondes Haar war mit reichlich Gel von den Schläfen zurückgekämmt und gab ein schmales, sehr scharf geschnittenes Gesicht frei. Er schlug – gänzlich unbekümmert um die Nachtruhe der Hotelgäste – die Wagentür krachend zu. Danach ging er, eine Zigarette im Mundwinkel und die Hände in den Hosentaschen, die schneeüberzuckerte Zufahrt entlang. Unter dem Torbogen verlor Leonie ihn aus den Augen.

Langsam kehrte sie zum Bett zurück und kroch unter die noch warmen Decken.

Sie hatte nicht damit gerechnet, dass in Tante Anna-Marias gutbürgerlichem Hotel so extravagante Gäste wohnten. Der Mann sah irgendwie interessant aus.

Doch dann wurde sie das Gefühl nicht los, dass sie ihn schon früher gesehen hatte.

Kurz bevor sie wieder einschlief, schoss es ihr siedend heiß durch den Kopf. Der junge Mann hatte eine gewaltige Ähnlichkeit gehabt mit jenem grässlichen, mumienhaften Alten, der sie im Traum verfolgt und die steile Treppe hinunter gestoßen hatte! Das helle Haar, die scharfen Züge, die schmalen Lippen, sogar die stachelbeergrünen Augen ...

Aber das war nur ein Traum gewesen, einer der vielen scheußlichen Träume ihres Lebens, in denen ihr immer wieder diese grauenhafte Ketzervilla erschienen war.

Mit einem Ruck setzte Leonie sich auf, zog die Knie hoch und schlang die Arme darum. Als Kind hatte sie oft von dem unheimlichen Gebäude geträumt, kein Wunder bei den Schauergeschichten von Kinder stehlenden Landstreichern, die kleine Mädchen belästigten. Doch wieso wusste sie bei diesem Albtraum jetzt, dass die Treppe, die sie hinabgestürzt war, sich in der Ketzervilla befand? Dieser lange, getäfelte Gang, dieser Torbogen, diese Treppe ... Sie war überzeugt, dass sie im Inneren des eigenartigen Hauses auf der Flucht gewesen war. Aber sie konnte sich nicht erinnern, dass sie das Gebäude jemals tatsächlich betreten hatte.

Leonie musste ein Glas Wasser trinken, ehe sie sich wieder beruhigte. Schließlich sagte sie sich, dass sie vermutlich alles durcheinandergebracht hatte, als sie von der lärmenden Ankunft des Wagens so jäh aus dem Schlaf gerissen worden war.

Halbwegs beruhigt schlief sie wieder ein.

ZWEITES KAPITEL

Als sie am Morgen das Erkerfenster öffnete und hinausspähte, atmete sie tief und erleichtert durch. Alle Nachtgespenster waren verschwunden. Die Sonne strahlte hell an einem wolkenlosen Himmel und glitzerte auf den beschneiten Flächen. Die Luft war in dem waldreichsten Landkreis Deutschlands klar, ganz anders als in Köln. Jeder Geruch schien meilenweit in der Luft zu schweben. Sie roch deutlich das frische Backwerk in der Bäckerei an der Ecke. Die entfernten Hänge glänzten hell durch den gefrorenen Schnee.

Für gewöhnlich stand Leonie sehr früh auf, und so war sie eine der Ersten am Frühstücksbüfett, das unten, in der großen wie ein Treibhaus verglasten Hinterveranda im Erdgeschoss aufgebaut war. Sie stellte überrascht fest, dass nur wenige Tische gedeckt waren, obwohl es doch mitten in der winterlichen Hochsaison war.

Als der Kellner mit dem Kaffee kam, wandte sie sich an ihn. „Sie haben im Moment nicht viele Gäste, nicht wahr?"

Der Mann lächelte ein glattes, einstudiertes Lächeln. „Nein, zurzeit nicht."

„Das Wetter ist aber doch optimal."

Der Kellner verschob auf ihrem Tisch den kleinen Abfallbehälter aus Plastik und den Brotkorb von links nach rechts und schwieg.

„Warum ist das so?", bohrte Leonie weiter. „Urlauber finden hier doch alles, was das Herz begehrt. Reizvolle Wanderwege, köstliche Waldluft und eine gute Gastronomie. Es ist sehr hübsch hier."

Sie hatte eine Reaktion erwartet, als sie die Gastronomie lobte, doch der Kellner zuckte nur mit den Achseln, und Leonie stellte erstaunt fest, dass es eine gereizte Bewegung war. Sie hatte den Eindruck, dass der Mann sich auf seine gute Erziehung besinnen musste, um sie nicht grob anzufahren.

„Da müssen Sie einmal im Sommer kommen, dann zeigt sich der Ort von seiner besten Seite." Er wandte sich abrupt ab und tat, als habe er alle Hände voll zu tun.

Leonie schüttelte in Gedanken den Kopf. Vielleicht war es unhöflich gewesen, den offensichtlich schlechten Geschäftsgang anzusprechen.

Das Paar am Nebentisch lächelte ihr zu, sie hatten die kurze Konversation mit angehört. Die junge Frau sagte mit gedämpfter Stimme: „Jetzt serviert er Ihnen den Kaffee lauwarm und den Toast angebrannt, weil Sie den Finger auf eine wunde Stelle gelegt haben."

Die beiden wirkten nicht unsympathisch. Er rund und gemütlich, ein väterlicher Typ, sie schlank und sportlich, mit einem hübschen, sehr eigenwilligen Gesicht. Sie schienen sehr gesellig und nutzten die Gelegenheit in ziemlich plumper Weise, um ein Gespräch anzuknüpfen. Wie sie offen zugaben, fanden sie das Städtchen langweilig und freuten sich immer mal wieder, nette Menschen kennen zu lernen.

Leonie schätzte es nicht sonderlich, bereits in aller Morgenfrühe von fröhlichen Leuten in ein Gespräch verwickelt zu werden, doch sie wusste nicht recht, wie sie sich zurückziehen sollte, ohne rundheraus unhöflich zu werden.

Der gemütliche Herr stellte sich als Götz Lauterbach vor. „Toller Name, nicht wahr? Götz wie Götz George und Lauterbach wie Heiner Lauterbach."

Er war Bauunternehmer und in Begleitung seiner Sekretärin in der Gegend unterwegs, um geeignete Grundstücke für Ferienhäuser zu erwerben. Seit einer Woche besichtigte er Grundstücke und verhandelte mit den Bauern, hatte aber wenig Glück. Die Einwohner des Städtchens zeigten sich nicht erfreut von der Aussicht auf den Bau einer Feriensiedlung in ihrem Gemeindegebiet. Nicht einmal das verlotterte Grundstück der ehemaligen Fabrik am Ortsausgang hatten sie ihm abtreten wollen.

„Kennen Sie das? Eingestürzte Fabrikhallen, darüber verwilderte Parkanlagen und oben am Waldrand dieses seltsame Gebäude, das seit Jahrzehnten verfällt, aber meinen Sie, die Leute ließen mit sich reden? Nicht für alles Geld der Welt."

Leonie horchte auf. Mit dem Gebäude war zweifellos die Ketzervilla gemeint.

„Verstehen Sie?", fragte der Bauunternehmer noch einmal.

Leonie, die immer noch einen Weg suchte, sich diskret aus dem aufgezwungenen Gespräch zurückzuziehen, murmelte: „Ich kenne den Ort nicht. Bin erst gestern Abend angekommen."

„Ach! Auch eine sportliche Skifahrerin. Haben Sie eine Pauschale gebucht oder ..."

„Ich bin privat hier. Familienbesuch."

Herr Lauterbach lächelte sie wohlwollend an. „Ah, das ist nett. Sie sehen Ihrer Mutter aber gar nicht ähnlich, wenn ich das so vorwitzig formulieren darf."

„Meiner Mutter?", fragte sie verdattert.

Er legte mit einer schlauen Geste den Zeigefinger an die Nase. „Kombiniere, sprach Sherlock Holmes. Sie sind privat hier, wohnen aber im Hotel, demzufolge gehören Sie zur Familie der Hotelbesitzerin, und daraus folgere ich, dass die blonde Göttin, die den Laden hier schmeißt, Ihre Frau Mama ist. Na, da sind Sie platt, was?"

Leonie ging der alberne Dicke langsam auf die Nerven. „In dem Fall bekämen Sie jetzt die fristlose Kündigung wegen vollkommen falscher Folgerungen."

Herr Lauterbach wurde an einer Antwort gehindert, denn quer durch den Raum kamen zwei Personen auf Leonies Tisch zu.

Der Mann war derselbe junge Mann in der kürbisfarbenen Bomberjacke, der in der Nacht so viel Lärm mit seinem Sportwagen gemacht hatte. Die Frau war groß und trotz ihres Alters schlank und athletisch. Sie bewegte sich merkwürdig lauernd auf ihren langen Beinen, als wolle sie jeden Augenblick auf jemanden lospringen. Sie war ganz in ein penetrantes Rot gekleidet, ein seltsamer Farbton zwischen Scharlach und Rotorange. Ihr jugendlich üppiges hellblondes Haar war geflochten und zu einem Knoten gedreht. Es hatte einen kristallenen Glanz, wie frisch gefallener Schnee. Ihre Augen waren die Augen der Schneekönigin!

Das Gesicht war so weiß wie das geschminkte Gesicht eines Clowns, aber der Mund war leuchtend orangerot angemalt, sodass er aus dem Gesicht herauszuspringen schien. Die Augen leuchteten grün wie Stachelbeeren. Leonie dachte plötzlich, dass dieses Gesicht Ähnlichkeit mit einem weiß glasierten, sparsam dekorierten Obstkuchen hatte. Sie starrte die Frau an und bemühte sich, ihrer Erinnerung einen Stoß zu geben. War das Tante Anna-Maria?

Die Frau kam langsam näher. Der Geruch eines schweren, für den frühen Vormittag ganz unpassenden Parfüms strömte von ihr aus. Vor Leonie blieb sie stehen und betrachtete sie aufmerksam.

„Du bist also Leonie Helderkamp?", fragte sie und verzichtete auf jegliche Einleitung.

„Ja." Leonie fand es ungewöhnlich, dass die Frau sie so formell anredete, aber sie fragte höflich zurück: „Sie sind Frau Schaller?"

Sie hätte es nicht fertig gebracht, zu dieser seltsam bedrohlichen Frau *Tante Anna-Maria* zu sagen.

Die Frau lachte leise, als hätte Leonie etwas Witziges gesagt. „Ja, bin ich. Und das hier ist Severin, mein Sohn. Vielleicht erinnerst du dich an ihn." Sie verabschiedete sich mit einem raschen Kopfnicken. „Ich habe zu tun."

Leonie starrte ihr verdutzt nach. Das war ja eine sehr kurze Begrüßung gewesen. Aber im selben Augenblick zog sich Severin einen Stuhl herbei und winkte dem Kellner, ihm eine Kanne Kaffee und ein belegtes Brötchen zu bringen. Leonie registrierte zufrieden, dass Herr Lauterbach und seine Sekretärin wenigstens jetzt davor zurückschreckten, sich weiter aufzudrängen. Beide beendeten ihr Frühstück und standen auf, wobei sie Leonie noch einmal wie gute alte Bekannte zuwinkten.

Hoffentlich, dachte sie, kam sie jetzt nicht vom Regen in die Traufe. Hatte ihr Großvater nicht gesagt, dass Severin immer noch Junggeselle war? Weil es keine Frau mit dem Irren aushielt?

Sie betrachtete ihn eingehend, während er sich etwas verlegen eine Zigarette anzündete und seinen Kaffee trank. Dabei stellte Leonie fest, dass er trotz seiner exzentrischen Aufmachung geleckt wie ein Kätzchen war. Ein gut dosierter Hauch von teurem Rasierwasser umwehte ihn. Seine Fingernägel waren manikürt und schneeweiß gebürstet, und unter der schrillen Bomberjacke trug er einen teuren Kaschmirpullover. Seine Haut war glatt und gepflegt wie die Haut einer Frau, Kinn und Wangen so scharf rasiert und so sorgsam glatt gepudert, dass kein Hauch von Bartschatten sichtbar war. An seinem linken Handgelenk entdeckte sie ein Kettenarmband aus massivem Gold.

Severin Schaller! Die große Liebe ihrer Kindheit, und gestern Nacht hatte sie ihn, obwohl er sich kaum verändert hatte, nicht wiedererkannt. Immer noch hager und sehnig, mit einem kantigen Gesicht und hoch gebürstetem blondem Haar. Warum hatte er sich zu ihr gesetzt? Nur aus Höflichkeit? Oder war das die Erste von zahlreichen Gesichtskontrollen, die sie in diesem Städtchen über sich ergehen lassen musste? Mit Schrecken wurde ihr bewusst, dass die ganze Stadt wahrscheinlich kein anderes Thema beim Morgenkaffee hatte, als Jörg Rendels Enkelin, die so urplötzlich wieder aus der Anonymität der Großstadt aufgetaucht war.

Dann fiel ihr der groteske Albtraum ein, der sie in der Nacht gequält hatte. Jetzt, im hellen Morgensonnenlicht, erschien ihr die Erinnerung nicht mehr so schlimm. Aber seltsam war es doch, dass jener grässliche Verfolger so deutlich die Züge dieses jungen Mannes getragen hatte. Wie war sie nur darauf gekommen, sich Severin Schaller mit weißem Haar und in einem schwarzen Talar vorzustellen? Niemand konnte weniger an einen Pfarrer erinnern als er.

Sie lächelte ihn an, um das Schweigen nicht endlos dauern zu lassen.

„*Long time no see*, was? Soll ich Sie oder du sagen?", fragte sie vorsichtig.

Der junge Mann wischte mit dem Unterarm sein vor Gel starrendes Haar zurück und brach mit spitzen Fingern ein Stück von seinem Brötchen ab. „Sag einfach du. So ein würdevoller Tattergreis bin ich nun auch wieder nicht, dass du Sie zu mir sagen müsstest."

Leonie knabberte verlegen an ihrem Toast herum. Als

Severin nichts weiter zur Unterhaltung beitrug, bemerkte sie unsicher: „Du kannst dich wahrscheinlich besser an mich erinnern als ich mich an dich. Du bist immerhin sechs Jahre älter als ich ... Angeblich war ich furchtbar verliebt in dich, als ich vier Jahre alt war, aber gestern habe ich dich nicht erkannt."

Er schluckte einen Bissen hinunter, an dem er noch gerne weitergekaut hätte und fragte erstaunt: „Wieso gestern? Ich hab dich nirgends gesehen."

„Du bist spät heimgekommen und hast furchtbar Krach gemacht." Dann fiel ihr ein, dass das unhöflich und nach Vorwurf klang, und sie fügte hastig hinzu: „Es ist so still hier ... da reißt einen der kleinste Lärm aus dem Schlaf. In Köln hätte ich dich wahrscheinlich nicht gehört."

„Ja, kann sein", sagte er und grinste unsicher. Seine Zähne waren weiß und regelmäßig. Dann zuckte er mit den Achseln. „Hier ist nie was los. Unser Städtchen ist das verschlafenste Kaff, das du dir vorstellen kannst."

„Dann ist es also nicht gefährlich, hier zu wohnen?"

Severin blickte abrupt auf, sichtlich verblüfft über die Bemerkung, die ihn sehr unangenehm zu berühren schien. Er fuhr mit dem Zeigefinger seinen Nasenrücken entlang, während er sich eine Antwort überlegte. Zuletzt lachte er laut auf. Sein Lachen klang blechern und unnatürlich. „Wieso soll's hier gefährlich sein? Wer behauptet das?"

„Mein Horoskop." Sie blickte ihn mit großen Augen offen an, unbekümmert darum, dass sie ihn anlog. Sie war nicht bereit, ihr Geheimnis vorschnell zu enthüllen.

„Dein Horoskop! Menschenskind ..." Er lachte erneut, diesmal weitaus weniger gepresst. „Du glaubst doch nicht etwa an diesen Blödsinn?"

Sie ging nicht auf die Frage ein, sondern rückte ein Stück näher an ihn heran und bemerkte in vertraulichem Ton:

„Das ist ein unheimlich komisches Gefühl, nach so langer Zeit an einen Ort zurückzukommen, an dem man früher einmal gewohnt hat. Wir beide müssen doch ziemlich oft beisammen gewesen sein, oder?"

Er fuhr sich wieder mit dem Handrücken über die Nasenspitze und starrte eine ganze Weile in seine Tasse als versuche er, im Kaffeesatz zu lesen. Schließlich bemerkte er zögernd: „Tja ... kann sein. Ich weiß nicht mehr so genau. Ich kann ja mal Mutter fragen, die merkt sich alles. Hast du nicht eine Zeit lang bei uns gewohnt oder so was?"

„Ich weiß nicht recht ..." Leonie fiel ein, dass ihr Großvater ihr nicht gesagt hatte, wie eng der Kontakt mit Anna-Maria Schaller und ihrem Sohn tatsächlich gewesen war. Als sie nicht weiterwusste, wechselte sie das Thema. „Sag mir ... Gibt es hier im Ort einen Königreichssaal?"

„Einen was?"

„Ein Versammlungshaus der Zeugen Jehovas."

Severin starrte sie belustigt an. „Sag bloß, du bist Mitglied in diesem irren Verein."

„Nein, bin ich nicht. Ich möchte nur wissen, ob es hier Zeugen Jehovas gibt."

Er schüttelte entschieden den Kopf. „Ich hab noch keinen gesehen. Aber du kannst ja mal den Pfarrer fragen, wenn's dir wichtig ist. Du erinnerst dich doch an Pfarrer Wegener, oder?"

„Äh ... ja, ich glaube schon", überlegte Leonie laut. In Wirklichkeit konnte sie sich nur höchst undeutlich eine hochgewachsene Person in schwarzem Talar und weißen Kragen ins Gedächtnis rufen. In ihrer Erinnerung stand er vor einem dunklen, fast düsteren Hintergrund. Holzgeschnitzte Pfeiler, schwarz schimmernde Altargitter. Kerzenschein und Altarblumen. Der muffig süße Geruch in der altertümlichen evangelischen Kirche des Städtchens.

Es war ihr merkwürdig peinlich, dass man ihr anmerkte, wie weit das alles hier aus ihren Erinnerungen entschwunden war.

„Soll ich dich rauffahren? Das Pfarrhaus steht ganz oben am Berg, da würde dir ordentlich die Puste ausgehen, wenn du da hochstapfen müsstest", schlug Severin vor und stand auf. „Ich hole nur meine Autoschlüssel, dann brausen wir los."

„Nett von dir", sagte Leonie und strahlte ihn an, doch insgeheim fand sie es sehr merkwürdig, dass er so zuvorkommend war. Ob Severin auch freiwillig auf die Idee gekommen wäre, ihr seine Begleitung anzubieten? Wahrscheinlich nicht, dachte sie resigniert. Es war ja ganz offensichtlich, dass Anna-Maria Schaller ihren Sohn dazu abkommandiert hatte, sich mit der Besucherin zu unterhalten ... und natürlich auch, um sie auszuhorchen.

In Kleinstädten ist das so üblich, beschwichtigte Leonie sich selbst. Da erwartete man von der Wirtin einfach, dass sie in allen Details über Neuankömmlinge Bescheid wusste. Aber unbehaglich war es ihr dennoch, mit Severin gewissermaßen einen Aufpasser zugeteilt bekommen zu haben, der ihr nicht von der Seite weichen und jedes ihrer Worte seiner Mutter zutragen würde. War es vielleicht ein Fehler gewesen, so gezielte Fragen zu stellen? Doch irgendwo musste sie beginnen, wenn sie etwas herausfinden wollte.

*

Leonie stieg langsam die Treppen hinunter und trat in den winterlichen Vormittag hinaus. Während sie auf Severin wartete, sah sie sich auf dem Schlossplatz um, der zugleich einer der beiden Hauptplätze des Städtchens war. Einige Geschäfte waren vorweihnachtlich geschmückt, aber erstaunlich viele waren geschlossen, und man erkannte, dass diese Vorkehrungen auf längere Zeit angelegt waren. Leonie überlegte, ob es dem Ort vielleicht doch nicht so gut ging, wie ihr Großvater in seinen Briefen immer behauptet hatte.

Severin kam, und Leonie zwängte sich in seinen Sportwagen, der neben der Zufahrt parkte. Das Innere war mit cremeweißem Leder ausgestattet, von dem ein starker, aber angenehmer Geruch ausströmte. Leonie verspürte prickelnde Aufregung, sie war noch nie mit einem so schnittigen Wagen gefahren. Zugleich bekam sie aber auch ein flaues Gefühl im Bauch, als sie erkannte, wie hoch der Tachometer ging. Wie Severin aussah, gehörte er zu den Autofahrern, die gerne demonstrierten, was *die Mühle* schafft, wenn man sie mal so richtig aufdreht.

Die evangelische Kirche lag vom Schlossplatz aus deutlich sichtbar auf der Höhe des Bergrückens, von den Ulmen und Zypressen des kleinen Botanischen Gartens umgeben, der dort einen Teil des Schlossgartens bildete. Eine steile Zufahrtsstraße führte zwischen Hecken zum Hügel hinauf, und Leonie wurde angst und bange bei der Vorstellung, wie Severin im Rekordtempo hinaufbrauste. Zu ihrer Überraschung fuhr er dann aber durchaus zivilisiert.

Sie beschloss, ihn vorsichtig auszufragen. „Heute Morgen war im Hotel nicht viel los. Ich hatte schon Angst, ich müsste mich durch hundert Weihnachtsurlauber zum Büfett vorkämpfen, aber dann waren nur vier Tische besetzt."

„Ja, viel los ist nicht", stimmte er zu, gab aber keine Erklärung ab, warum das so war.

„Ich wollte mir einen Pullover kaufen, aber das Geschäft am Hauptplatz hatte zu. Eine Menge Geschäfte sind übrigens geschlossen."

„Weihnachtsferien", erklärte Severin.

Das zumindest – in dem Punkt war sich Leonie ganz sicher – war eine Lüge, und eine dumme Lüge dazu. Geschäftsleute machten kurz vor Weihnachten keinen Urlaub, nicht in der Zeit des größten Umsatzes im Jahr. Aber sein Tonfall ermutigte sie nicht, weiter in ihn zu dringen.

Auch hier waren die Spuren des Sturms zu sehen, der in der vergangenen Woche vom Siegerland her über den *Kahlen Asten* hinweggebraust war. Bäume standen traurig geknickt in verschneiten Obstgärten, als habe jemand mit Knüppeln auf sie eingeschlagen. Ein Geräteschuppen auf einer schrägen Wiese war regelrecht platt gewalzt worden.

„Ihr habt wohl viel Schaden gehabt von dem Sturm?", fragte Leonie, um das Schweigen zu brechen.

Severin nickte, ohne den Blick von der Straße zu wenden. „Kann man sagen ... im Hotel hat es uns im Wintergarten zwei Scheiben eingedrückt und die Steinvasen auf der Terrasse umgekippt. Wahrscheinlich wird's noch schlimmer kommen."

„Wieso? Erwartet ihr, dass noch ein Sturm aufzieht?"

Er nickte und fügte dann merkwürdig hastig hinzu: „Im Winter ist das hier meistens so. Hast du einen Sturm, hast du bald auch einen zweiten. So, da wären wir."

Er parkte ein Stückchen vom Pfarrhaus entfernt am Straßenrand und öffnete das Gittertor des kleinen Botanischen Gartens.

„Den solltest du im Sommer mal ansehen, das ist eine der Attraktionen unserer Stadt", erklärte er und deutete zwischen den von dickem Schnee bedeckten Baumgruppen hindurch. „Da drüben ist übrigens auch ein Palmenhaus, aber dafür braucht man einen Schlüssel. Sag Mutter, sie soll ihn dir geben."

Leonie lächelte höflich und sah sich sehr sorgfältig um, obwohl sie keine Ahnung von Botanik hatte und nichts Bemerkenswertes an den Bäumen und Büschen entdecken konnte. Sie war ein Stadtmensch, in ihren Augen war alles, was die Erde hervorbrachte, ohne nähere Differenzierung entweder grün oder nur bunt.

Der Botanische Garten schien im Sommer ein beliebtes Ziel für Spaziergänger zu sein, denn überall in den Nischen der Immergrünhecken und unter den nackten Ulmen standen Bänke, die alle mit einem blanken Messingschild des Fremdenverkehrsvereins an der Lehne versehen waren. Auf den Bänken lagen dicke flauschige Schneekissen.

Sie folgte Severin den gefrorenen Kiesweg zwischen den tief verschneiten Blumenrabatten entlang, in denen sich nur hier und dort ein robuster Strauch aus dem Schnee reckte. Viele waren mit Metallschildern gekennzeichnet, die auf Spießen in der Erde steckten. Nach nur wenigen Schritten hatten sie das Zentrum des Botanischen Gartens erreicht, ein Rondeau, auf dem sich ein steinerner Pavillon erhob. In seiner Mitte war eine Metallplatte mit einer Inschrift eingelassen.

Leonie wischte mit ihrem Wollhandschuh eine dünne Eisschicht weg, die in den Furchen der Schrift klebte, und las:

Herr,
bewahre diesen Ort vor den Naturgewalten
und dem Auswurf böser Gesinnung
A. D. 1888

Sie blieb gebückt stehen und starrte die Schrift an. Was für ein sonderbarer Bittspruch! *Der Auswurf böser Gesinnung ...*

„Was heißt das?“, fragte sie Severin.

Er zuckte mit den Achseln. „Weiß nicht. So frommes Zeug steht hier an allen Ecken und Enden, aber ich bin nicht der Typ, der es liest. Komm weiter.“

DRITTES KAPITEL

Der Weg durch den Botanischen Garten erwies sich als Abkürzung für Insider, denn plötzlich schlüpfte Severin durch eine kleine Pforte in der Umfassungsmauer. Als Leonie ihm folgte, fand sie sich im Hintergarten des Pfarrhauses wieder und einem Mann gegenüber, der eben den Schnee von den Wegen geschaufelt hatte. Er trug eine Skimütze, einen derben Arbeitsoverall und darüber eine Flauschjacke, übersäht mit Öl- und Teerflecken.

„Pfarrer Wegener!", rief Leonie aus. Es überraschte sie, dass sie ihn nach all der Zeit so mühelos wiedererkannte. Sie hatte eigentlich keine Vorstellung mehr gehabt, wie er aussah. Aber jetzt, als er vor ihr stand, erinnerte sie sich ganz deutlich an sein Gesicht, ein sehr blasses, glatt rasiertes Gesicht mit großen grauen Augen. Er hatte kurzes, welliges, dunkelblondes Haar, das an den Schläfen bereits zurückwich, während es in der Stirnmitte noch üppig wuchs.

„Das ist Leonie Helderkamp, Rendels Enkelin", verkündete Severin, während er sich auf dem blank gefegten Kopfsteinpflaster den Schnee von den Stiefeln stampfte.

Der Geistliche blickte sie mit gerunzelter Stirn an, dann erwachte offenbar auch seine Erinnerung, und er schrie geradezu auf: „Leonie! Unsere winzig kleine Leonie! Ja, darf das wahr sein!"

Er streckte ihr beide Hände entgegen und eilte zwischen den dürren Sträuchern auf sie zu, als müsse er sie einfangen, bevor sie davonflattern konnte. „Ich hätte dich im Leben nicht wiedererkannt! Du bist ja eine richtige junge

Dame geworden. Das ist lieb, dass du uns besuchen kommst. Willst du eine Tasse Tee mit uns trinken? Annette hat eben Mandelkuchen gebacken." Er zwinkerte Leonie und Severin zu. „Eigentlich ist er für den Weihnachtsmarkt bestimmt, aber ich denke, sie wird uns bestimmt ein paar Schnitten abschneiden."

Leonie lächelte ihn an. Sie hatte nach dem üppigen Frühstücksbüffet keinen Hunger, aber seine Gastfreundschaft gefiel ihr. Sie beobachtete, wie er Severin den Arm um die Schultern legte.

„Komm doch auch mit. Eine Tasse Tee ist bei dem Wetter genau das Richtige", forderte er den jungen Mann auf. „Und Carsten ist da, er wird sich freuen, dich zu sehen. Er hat den ganzen Morgen gebüffelt, da kann er eine Abwechslung brauchen."

Zu dritt schritten sie auf das Pfarrhaus zu, ein Gebäude aus braunen Ziegeln, dessen Aussehen ein ehrwürdiges Alter verriet. Im Inneren gab es eine Diele, die an einen Tunnel erinnerte, mit einem Boden aus Klinkersteinen und gewölbten Mauern, an denen in altersschwarzen Rahmen eine ganze Ahnengalerie von Pfarrherren hing.

Die Frau des Pfarrers, Annette, lief mit einem Backblech voll Vanillekipferl über den Flur und nickte ihnen nur flüchtig zu, so beschäftigt war sie. Sie war eine grobknochige Frau, so groß und schwer wie ihr Mann. Ein buntes orientalisches Seidentuch war wie ein Turban um ihren Kopf gewunden. Leonie dachte, dass sie damit wie ein Pirat aussah. Man konnte sie sich lebhaft vorstellen, wie sie gestiefelt und mit wallendem Cape ein feindliches Schiff enterte. Nur die goldenen Ohrringe fehlten noch.

„Morgen ist der vierte Adventssonntag und unser Weihnachtsbasar hat Hochbetrieb", erklärte der Pfarrer. „Dann sind wir alle im Einsatz ... aber für einen kleinen Plausch zwischendurch reicht die Zeit schon noch. Jetzt erzähl einmal, Leonie. Was hast du all die Jahre gemacht? Wie geht es deinen Eltern? Werden sie uns auch mal wieder besuchen? Hast du schon ..."

„Leonie will wissen, ob es hier bei uns Zeugen Jehovas gibt", unterbrach Severin brüsk die geschwätzigen Fragen des Pfarrers.

Pfarrer Wegener erstarrte mitten im Schritt und sah Leonie verdutzt an. „Bist du denn Zeugin?"

Seine Stimme klang plötzlich sehr kühl, als habe er etwas an ihr entdeckt, das ihm zutiefst missfiel.

„Nein, sicher nicht", sagte sie eilig. „Ich hatte nur ... also, ich hatte dieses merkwürdige Wort in einer Zeitschrift der Zeugen gelesen und überlegt, was es bedeuten könnte, und dann fragte ich Severin und er meinte, Sie wüssten sicher ..." Sie musste sich unterbrechen. In ihrem Eifer hatte sie so hastig geredet, dass ihr die Luft ausgegangen war.

„Ach so." Der Pfarrer wirkte erleichtert.

Severin grinste frech.

„Das war jetzt ein Schock für Sie, Herr Pfarrer, was?", fragte er spöttisch. „Da hätten Sie glatt losmarschieren und das hundertste Schaf suchen müssen, und das bei der Bärenkälte."

Wegener gab keine Antwort auf diese Stichelei. Er führte die beiden jungen Leute in die Küche des Pfarrhauses, einem ausgedehnten Raum mit einem holländischen Tisch, der so groß war, dass man darauf hätte tanzen können. Überall standen Schüsseln mit frischem Teig, Keksformen, Backbleche und Näpfe mit Mandeln und Korinthen herum. Im Raum war es so heiß wie in einer wirklichen Backstube. Durch die rautenförmigen Glasscheiben der Hintertür sah man in den Garten hinaus, wo die Ranken der Waldrebe wie braune Spinnennetze an der Gartenmauer klebten.

Sie setzten sich, und der Pfarrer schenkte ihnen beiden Tee aus einer großen, blau marmorierten Kanne ein.

„Also, jetzt erzähl mal, Leonie", sagte er dann. „Was war das jetzt, weshalb du Zeugen Jehovas suchst?"

Leonie lächelte verlegen. „Eigentlich geht es nur um ein Wort, das ich nicht verstanden habe ... Unsere Putzfrau ist nämlich Zeugin, und sie hatte mir einmal ihre Zeitung, den *Wachtturm*, mitgebracht. Darin stand dieses Wort. ARMAGEDDON. Ich konnte nicht rauskriegen, was es bedeutet, und meine Mutter wollte nicht, dass ich mit der Putzfrau darüber rede. Ich fürchtete, sie würde der Frau noch Ärger machen, wenn ich darauf bestünde, also ... ja, und Severin meinte, Sie wüssten sicher, was es heißt."

Der Geistliche nickte ihr zu, während er seine Tasse ebenfalls füllte und in kleinen Schlucken an dem starken, heißen Ostfriesentee nippte. „Das kann ich dir schon erklären ... Du musst wissen, es gibt seit alter Zeit eine Stadt in Israel, die Megiddo heißt, und nahe dieser Stadt befand sich eine Ebene, ein großes Schlachtfeld, auf dem sehr viele blutige Kriege ausgetragen wurden. Die Ebene von Megiddo hatte einen so schaurigen Ruf, dass man sich vorstellte, dort würde auch die letzte Schlacht zwischen den Anhängern Gottes und den Anhängern des Teufels geschlagen werden, bei der alle Mächte des Bösen vernichtet würden. Und so entstand der Begriff Armageddon. Ein Wort für den furchtbaren Untergang böser Menschen."

Leonie dachte an die Bilder brennender Städte, zerklüfteter Straßen und in sich zusammenstürzender Häuser.

„Die Schrecken von Armageddon", wiederholte sie leise.

„Ja. Aber ..." Pfarrer Wegener schüttelte mit leisem Vorwurf den Kopf. „Bitte denk nicht zu viel über solche Dinge nach. Blut und Mord und die Massenhinrichtung aller Ungläubigen ... das sind böse und grausame Gedanken, wie sie Menschen haben, denen die eigene Rache mehr bedeutet als Gottes Erbarmen."

Leonie nickte und beschloss, das Thema zu wechseln. „Ich wollte nur wissen, was es heißt", sagte sie und lächelte ihn an. „Ich bin einfach ein wissbegieriger Typ."

Er lächelte zurück, aber seine großen hellgrauen Augen betrachteten sie so forschend, dass sie Angst bekam, er habe ihre Lüge durchschaut.

Sie war erleichtert, als draußen Schritte die Treppe zum Obergeschoss herabpolterten und ein junger Mann eintrat. Der Pfarrer lächelte ihn an. „Hallo, Carsten. Ich wollte dich eben mit Gewalt von deinen Büchern wegschleppen. Komm, setz dich." Er wies mit einer Handbewegung auf den einladenden Tisch. „Willst du auch etwas trinken? Severin, gib die Teekanne rüber ... bedient euch, Kinder."

Er schenkte drei Tassen mit heißem Tee voll und schob sie ihnen zu. Severin grinste verlegen, als der Pfarrer sie mit *Kinder* ansprach, und Leonie dachte: Für ihn ist Severin sicher immer noch der schlaksige halbwüchsige Junge, der seinen Namen in die Kirchenbank schnitzte und mit Holzäpfeln nach der Katze warf.

Seltsam!, dachte sie dann. Jetzt war es ihr wieder eingefallen. Es hatte einmal wegen dieser Katze einen Riesenkrach gegeben. Die Erinnerung war urplötzlich in ihr aufgestiegen, wie eine Feuerwerksrakete an einem dunklen Himmel. Sie sah sogar die Katze ganz genau vor sich, ein fettes, weißorange gestreiftes Tier, und den zornigen Pfarrer Wegener, der aus dem Fenster herausschimpfte, während Severin in aller Eile die Flucht ergriff. „Wenn ich dich erwische, du widerlicher kleiner Sadist ... meine Katze zu quälen ..."

Kleiner Sadist. Katze quälen. Kinder quälen. Kleine Mädchen quälen. Verkaufen.

Nebelfetzen unangenehmer Erinnerungen stiegen in ihr auf. War das Severin gewesen, der sie in den Wald gezerrt und ihr gedroht hatte, sie an die Buhmänner zu verkaufen, weil sie ihm so lästig gewesen war?

Ein Spaß, ein Spaß, Frau Helderkamp, ich konnte doch nicht wissen, dass die Kleine das ernst nimmt, ich wollte sie doch nur ein bisschen necken ...

Dein Junge mit seinen sadistischen Späßen hat meine Kleine zu Tode erschreckt, Anna-Maria, ich dulde das nicht ...

Stimmen aus vergangenen Zeiten. Der zehnjährige Severin, ihre Mutter, Tante Anna-Maria ...

Leonie warf Severin einen Seitenblick zu. Sie versuchte sich in Erinnerung zu rufen, wie sie sich als kleines Mädchen gefühlt hatte, das einem großen mürrischen Jungen nachlief und sich abmühte, seine Zuneigung zu erwerben.

Natürlich war er damals von dieser Art von Verehrung nicht sonderlich angetan gewesen. Erst hatte er sie abgewiesen, hatte sie einfach fortgeschickt, aber dann hatte er sie in seine Nähe gelassen und sie dafür bestraft, dass sie ihn belästigte. Er hatte sie eingeladen, mit ihm spazieren zu gehen, und sie dann in den Wald geschleppt, wo die Buhmänner lauerten, zu dem finsteren kleinen Herrenhaus, der Ketzervilla. Er hatte ihr angeboten, mit ihr zu spielen, und hatte ihr dann wehgetan.

Widerlicher kleiner Sadist!

Die Erinnerungen kamen immer rascher, immer zahlreicher.

Schokolade. Schläge.

Wenn du es deiner Mutter sagst, bin ich auf ewig böse mit dir. Sag ihr, du bist durch ein Gebüsch gekrochen, davon sind die Kratzer. Ich bin der Wolf und du das Rotkäppchen, ich beiße und fresse dich. Ich zeige dir, wie die Indianer ihre Feinde an den Marterpfahl binden. Sag deiner Mutter nichts, sonst spiele ich nie wieder mit dir. Kriech da hinein. Du musst drinnen bleiben, bis ich dich wieder herauslasse. Nein, wir haben bloß Ball gespielt. Komm, es ist doch nur ein kleiner Schnitt. Ich bin der Doktor, der dich operiert. Nach der Behandlung bekommst du Schokolade.

Sie fröstelte in der Erinnerung an das qualvolle Entzücken, mit dem diese geheimen Spiele sie erfüllt hatten. Es hatte Severins Mahnungen und Warnungen nicht gebraucht. Ihre Eltern durften nichts davon erfahren, sonst war es aus. Für immer aus!

Wenn sie schwieg, konnte sie mit gutem Gewissen denken: *Es ist nichts passiert.*

Severin grabschte nicht, wollte sie nicht ausziehen und untersuchen. Severin wollte schneiden, kratzen, beißen, sie in den alten Schweinemaststall sperren und mit Holzäpfeln füttern. Dass das verboten sei, davon hatten ihre Eltern nichts gesagt. Aber sie wusste, dass ein unbedachtes Wort genügt hätte, um sie und Severin für immer zu trennen.

*

Mittlerweile entspann sich zwischen den drei anderen ein lebhaftes Gespräch. Carsten Richter, so hörte Leonie, war der Neffe des Pfarrers, der seinen Onkel über den Winter besuchen kam, um sich hier in Ruhe auf eine Prüfung an der Frankfurter Universität vorzubereiten, wo er Geschichte und Germanistik studierte. Sie betrachtete ihn aufmerksam. Er war, wie sein Onkel, ein außergewöhnlich großer und kräftiger Mann, sodass Severin neben ihm fast zierlich wirkte. Sein Gesicht war nicht hübsch, aber lebhaft und interessant. Er hatte seltsame Augen, grünlich grau, aber mandelförmig wie die Augen eines Asiaten, und die Wimpern waren so dicht und dunkel, dass es aussah, als seien die Augen mit schwarzem Stift eingerahmt. Sein glattes mahagonifarbenes Haar trug er bis tief in den Nacken.

„Was ist?", fragte Carsten, nachdem er kräftig bei Tee und Mandelkuchen zugelangt hatte. „Gehen wir jetzt am Nachmittag runter und sehen uns den Basar an?"

„Ja, warum nicht", sagte Severin und betrachtete seine blitzsauberen Fingernägel. „Irgendwo muss man sich ja amüsieren. Ist ja toll, was hier alles los ist, nicht wahr? Weihnachtsbasar mit selbst gemachten Gebäck und handgehäkelten Topflappen. Benefizkonzert von Irene Oberon im Wintergarten, dazu eine Pfarr-Tombola mit zahlreichen schönen Preisen." Er lachte verdrossen auf. „Mensch, Carsten, interessiert dich der Kinderkram wirklich?"

„Mach mir meinen Weihnachtsbasar nicht madig, Severin", mahnte der Pfarrer freundlich. „Warum nehmt ihr beide nicht die hübsche junge Dame unter eure Fittiche? Dann habt ihr Gesellschaft und Leonie braucht nicht alleine herumzustapfen."

Carsten sagte sofort: „Ja, warum nicht?"

Severin zögerte, kaute kurz an seinen Nägeln und erst nach längerem Bedenken murmelte er: „Na ja ... meinetwegen, wenn's sein muss. Ich hab ohnehin nichts Besonderes vor."

Carsten stieß ihn in die Rippen. „Charmant bist du nicht gerade."

Leonie fühlte sich ein wenig unbehaglich. Carsten schien recht nett zu sein, aber Severin wirkte so offensichtlich *gezwungen,* sich um sie zu kümmern, dass es ihr peinlich war. Er musste großen Respekt vor seiner Mutter haben, wenn er ihrem Auftrag gehorchte, obwohl es ihm keinen Spaß machte.

Sie war froh, als Pfarrer Wegener ihr den Vorschlag machte, sich die Weihnachtskrippe in der Kirche nebenan anzusehen. Nicht, dass sie sich besonders für Weihnachtskrippen interessierte, aber wenigstens hatte sie dann nicht so sehr das Gefühl, anderen Leuten zur Last zu fallen.

*

Das Innere der Dorfkirche war schlicht. Zwei Lampen, die an langen Ketten von der Deckenwölbung herabhingen, tauchten den Raum in ein mildes, rötlich gelbes Zwielicht. An den Wänden war in verblassten Fresken der Kreuzweg aufgemalt und über dem Altar hing zwischen zwei Säulen ein riesenhaftes Ölgemälde, so tief geschwärzt vom Alter, als hätte es in einer Räucherkammer gehangen. Es zeigte inmitten einer düsteren Wüstenlandschaft den guten Hirten mit dem Lamm auf der Schulter.

Von plötzlich erwachter Neugier getrieben, ging Leonie ein Stück zwischen den Bankreihen hindurch und suchte die Bank ganz hinten, wo die Wendeltreppe auf den Glockenturm hinaufführte. Dort hatten die großen Jungen gesessen, weil sie dort am wenigsten störten, wenn sie während des Gottesdienstes ungeduldig scharrten und tuschelten.

Ihre Fingerspitzen glitten über das schwarzbraune Holz. Tatsächlich, da war die Inschrift, in groben Buchstaben mit einem Taschenmesser in die Kante der Bank gekerbt: *Severin Schaller*.

„Suchst du etwas Bestimmtes?" Der Pfarrer beugte sich vor und betrachtete mit zusammengekniffenen Augen das Holz. „Du meine Güte. Das war eine Zeit lang sein Lieblingssport, sich überall zu verewigen. Ja, das ist auch schon eine Weile her, seit ich Severin in der Bank hier sitzen gesehen habe. In letzter Zeit war er nicht gerade oft in der Kirche. Ich bin neugierig, ob Carsten an ihn rankommt."

Es hörte sich an, als habe er mit sich selbst gesprochen, denn er unterbrach sich und lächelte Leonie ein wenig schuldbewusst an. „Ich glaube, ich werde allmählich alt. Ständig ertappe ich mich bei Selbstgesprächen."

Leonie ignorierte die selbstkritische Bemerkung. „Carsten scheint sehr nett zu sein."

„Ist er auch. Aber mit Nettigkeit allein kommt man bei Severin nicht weit."

„Sie sind doch befreundet, oder nicht?"

„Soweit Severin Freundschaft etwas bedeutet – ja." Es klang niedergeschlagen, aber dann blinzelte Wegener ihr zu. „Weißt du, wie's Carsten geschafft hat? Er war einfach nicht beeindruckt von Severin. Er fand ihn, ehrlich gesagt, ziemlich langweilig. Er war freundlich und höflich zu ihm, aber er stand nie da und gaffte seinen teuren Sportflitzer an, und er legte nie Wert darauf, mit ihm gesehen zu werden, wie's alle anderen hier tun. Und das machte Severin halb verrückt. Er ist es nicht gewohnt, dass man ihn ignoriert, weißt du. Hier im Ort ist er ein ganz großer Mann."

„Seine Mutter ist wohl sehr reich, nicht wahr?", fragte Leonie.

„Das kann man sagen, und das nützt er auch nach Kräften aus. Doch darüber wollte ich eigentlich nicht mit dir reden." Der Pfarrer griff geistesabwesend nach ihrer Hand, als sei sie immer noch ein kleines Mädchen, und zog sie hinter sich her zum Altar.

Leonie warf einen höflichen Blick auf die unbeleuchtete Krippe, die beinahe zwei Meter lang und sehr altmodisch war, aber der Geistliche zog weiter an ihr. „Da ... das schau dir an."

Er deutete auf das Altarbild. Als sie blinzelnd die Augen zusammenkniff, drückte er einen Lichtschalter in der Altarwand. Zwei Lampen nahe der Decke leuchteten auf und warfen einen schrägen Schein auf das alte Ölgemälde. Jetzt glänzte der Firnis nicht mehr so stark, und man erkannte die Darstellung deutlich.

Ein Mann mit einem Schaf auf der Schulter kletterte einen Berghang hinab. Die Wüstenlandschaft rundum war wild und bedrohlich, und der Mann sah erschöpft aus. Sein Gesicht war eingefallen, sein Haar verfilzt und staubbedeckt, seine Füße schmutzig und zerschrammt. Leonie spürte plötzlich, was der Maler hatte darstellen wollen: Es war eine lange und mühselige Suche gewesen. Ein Klettern über Berghänge in der unbarmherzig stechenden Sonne, ein Frieren in der eiskalten Wüstennacht, ein Atemringen im Sandsturm.

„Es war nicht einfach", sagte sie spontan.

„Was meinst du?" Wegener blickte sie fragend an.

„Ich wollte sagen, es war sicher nicht einfach, dieses Lamm zurückzuholen."

„Ja." Er legte ihr seine Hand auf die Schulter. „Ich bin froh, dass du das so siehst. Du ersparst es mir, dir etwas zu erklären. Du weißt es ohnehin." Er deutete auf den Hirten im Bild. „Er da hätte ja auch sagen können: Okay, du dummes Schaf, du hast es nicht anders gewollt, du hast dich eigenmächtig von der Herde entfernt, also geschieht's dir ganz recht, wenn du über die Klippen zu Tode stürzt oder die Hyänen dich zerreißen oder du in der Wüste verdurstest. Ich werde mir deinetwegen nicht die Füße wund laufen. Geh nur zu und sieh, wie weit du kommst."

Pfarrer Wegener stieg die beiden teppichbedeckten Stufen zum Altar hinauf und wies auf eine Stelle im Hintergrund des Gemäldes. Leonie hatte den schwefelgelben Schein dort bereits bemerkt, ihn aber für einen fernen Sonnenuntergang gehalten. Als sie näher trat, erkannte sie, dass es Flammen waren, die aus düsteren Abgründen loderten. Sie fühlte sich augenblicklich an die erschreckenden Bilder im *Wachtturm* erinnert.

„Wie bist du an dieses Wort gekommen – Armageddon?", fragte der Geistliche geradeheraus. Seine grauen Augen schienen sie festzunageln. „Das war doch vorhin keine nebensächliche Frage, oder? Um zu wissen, was es bedeutet, hättest du nur in einem Wörterbuch nachschlagen müssen."

Leonie überlegte einen Moment lang. Dann entschied sie sich, ihm die Wahrheit zu sagen. Sie griff in ihre Handtasche und reichte ihm das Briefkuvert. „Das habe ich mit der Post bekommen, kurz bevor ich hierher gefahren bin. Ich habe keine Ahnung, wer es mir geschickt haben könnte."

Er las stirnrunzelnd den kurzen Text. Dann machte er eine jähe Bewegung, als wolle er das Papier zusammenknüllen, hielt aber noch rechtzeitig inne und gab es Leonie zurück.

„Tja, so etwas ist unerfreulich", bemerkte er. Er lächelte dabei, doch er schien Mühe zu haben, seine Gesichtsmuskeln zu diesem Lächeln zu zwingen. Die Augen blieben davon gänzlich unberührt. „Aber mach dir keine weiteren Gedanken darüber. An jedem Ort gibt es Verrückte, die fast täglich den Weltuntergang kommen sehen. Das kann ich nicht ändern. Leider."

„Aber warum hat man mir diesen Brief geschickt?"

„Weil irgendwer sich einbildet, die Welt werde demnächst untergehen. Warum sonst?", erwiderte er.

Sie schüttelte hartnäckig den Kopf. „Herr Pfarrer, das glaube ich nicht. Wenn die Welt wirklich untergeht, dann geht sie doch überall genauso unter wie hier, nicht wahr? Dann hätte es doch keinen Sinn, mich zu warnen, ich solle von *hier* wegbleiben. Nein, diese Person hat gemeint, dass genau hier an diesem Ort etwas Schreckliches geschehen wird. Warum hätte man mich sonst warnen sollen?"

„Das musst du einen Psychiater fragen“, sagte Pfarrer Wegener und lachte gezwungen.

Leonie fühlte sich plötzlich an Severins Lachen erinnert, als sie ihn am Morgen gefragt hatte, ob es *hier* gefährlich sei. Das hatte genauso unnatürlich und gepresst geklungen.

„Warum stehen diese Namen dort?“, bohrte sie weiter. „Da steht der Name meines Großvaters ... und diese anderen Namen ... Schaller, Nosbeck, Gurlinger, Oberon, Rösel, Hemmerer, Poschke. Sind das Leute aus dem Ort?“

Der Pfarrer studierte die Liste, als müsse er über jeden einzelnen Namen lange nachdenken. Dann gab er widerwillig zu: „Ja, die wohnen alle hier.“

„Wer sind sie?“

Achselzucken. „Keine Ahnung. Es stehen ja nicht mal Vornamen dabei. Bei uns gibt es mindestens zwanzig Gurlingers, Männer, Frauen und Kinder ... Es ist eine der ältesten Familien im Ort. Oberon, Schaller und Poschke sind auch große alte Familien ... Ich weiß nicht, was ich dazu sagen soll, Leonie.“

„Sie sagten, Armageddon sei ein Symbol für den endgültigen Untergang böser Menschen. Diese Leute, deren Namen auf der Liste stehen, sind das alles böse Menschen?“

Er warf mit einer übertriebenen Geste die Hände hoch. „Niemand ist gut außer Gott, sagt die Bibel. Alle Menschen haben Fehler. Hüten wir uns, auf andere mit dem Finger zu zeigen und zu sagen: *Du bist böse!*, denn dann zeigen viele Finger auf uns selber zurück. Vergiss den abergläubischen Kram, Kind, das ist der einzige Rat, den ich dir geben kann.“

Leonie schob den Brief wieder in ihre Handtasche zurück. Es hatte wohl keinen Sinn, den Geistlichen noch weiter zu bedrängen. Er wollte ihr offenbar keine Auskunft geben.

„Vielleicht haben Sie ja Recht", gab sie nach. „Wahrscheinlich ist es wirklich am besten, ich vergesse das alles."

Er nickte. „Da stimme ich dir vollkommen zu. Und jetzt ... Hallo, Cherry, was machst du denn hier? Suchst du mich?"

Leonie wandte sich um und sah ein Mädchen in ihrem Alter an der Kirchentür stehen. Das Mädchen hatte zotteliges blondes Haar und einen kräftigen, aber ungewöhnlich kleinen Körper. Würden sie nebeneinander stehen, so hätte sie Leonie gerade nur bis zur Schulter gereicht. Sie trug Jeans und einen derben Wollpullover.

„Annette lässt Ihnen sagen, die Leute vom Malteser Hilfsdienst sind jetzt da und wollen wissen, wer von den Kranken zum Weihnachtsgottesdienst gebracht werden soll", rief Cherry quer durch die Kirche. Dann entdeckte sie Leonie und lächelte freundlich. „Hi."

Leonie erwiderte den Gruß. Als sie näher kam, konnte sie Cherry, die im Lampenlicht stand, deutlicher sehen. Das Mädchen hatte einen breiten Mund und eine breite, an der Wurzel ein wenig eingedrückte Nase. Ihre Augen waren groß und blau. Irgendetwas stimmte nicht ganz mit ihrem Gesicht. Auch ihr Körper wirkte irgendwie seltsam, Arme und Beine schienen ein Stückchen zu kurz zu sein. Sie hatte die Ärmel des Pullovers umgekrempelt, um die Hände freizuhaben, und auch ihre Jeans waren aufgerollt.

„Hi", wiederholte sie freundlich, während sie Leonie von oben bis unten musterte. „Bist du zum Skifahren hier?"

Leonie schüttelte den Kopf. „Nein ... ich bin Bürgermeister Rendels Enkelin. Ich besuche ihn über Weihnachten."

„Ach, du bist das?" Cherry kam neugierig näher. „Du bist zurzeit ja sehr im Gespräch ... Eigentlich sollte ich mir von dir ein Autogramm geben lassen!“ Sie blickte dem Geistlichen nach, der sich an ihr vorbeigedrängt hatte und mit langen Schritten zum Pfarrhaus hinübereilte. „Tja, nachdem der Pfarrer jetzt keine Zeit mehr für dich hat ... Was hältst du davon, wenn wir rübergehen und testen, ob die Käsekuchen gut geworden sind?“

„Können wir das so einfach?“, fragte Leonie zweifelnd.

„Klar. Die backen hier doch ohnehin für Regimenter, da fällt's nicht weiter auf, wenn wir da und dort ein Eckchen abknabbern. Komm nur.“

Sie fasste Leonie energisch am Arm und zog sie aus der Kirche.

VIERTES KAPITEL

Cherry machte kein Hehl daraus, dass sie vor Neugier platzte, mehr über Leonie zu erfahren. „Jeder hier redet über dich, weißt du. Jetzt wird die ganze alte Geschichte wieder aufgewärmt, wie wütend dein Großvater damals war und was da für böse Briefe hin und her geschrieben wurden."

Leonie stellte mit Unbehagen fest, dass wohl das gesamte Städtchen über ihre Familienaffären informiert war, und zwar weitaus besser als sie selbst.

Natürlich hatte sie gewusst, dass es zwischen ihren Eltern und ihrem Großvater Spannungen gab, aber ihre Eltern hatten sich immer nach Kräften bemüht, solche Probleme von ihr fern zu halten. Sie hatten sie nur wissen lassen, der Großvater sei *etwas schwierig*, es habe *Dinge gegeben, über die wir nicht einer Meinung waren* und ähnliche diplomatische Formulierungen.

Im Städtchen jedoch wusste man von wilden Szenen, von Beschimpfungen, knallenden Türen und lärmenden Debatten in aller Öffentlichkeit. Obwohl Leonies Vater, Werner Helderkamp, damals ein angesehener junger Polizist in Siegen gewesen war, dem man eine steile Karriere voraussagte, hatte Rendel sich erbittert gegen die Beziehung gewehrt und war außer sich vor Wut gewesen, als seine Tochter den Polizisten gegen seinen Willen geheiratet hatte.

Das alles lag zwar inzwischen achtzehn Jahre zurück, doch Leonie war es trotzdem peinlich. Sie machte ein paar vergebliche Versuche, Cherrys Wissbegier zu trotzen. Alles sollte sie ihr erzählen, wo sie wohnte, wo sie zur Schule ging, wie sie ihre Freizeit verbrachte, ob sie einen festen Freund hatte, was für Sportarten sie trieb, welche Filme sie mochte. Wie waren ihre Eltern? Okay oder anstrengend? War ihr Vater immer noch bei der Polizei? Oh, war das nicht furchtbar aufregend? Diese Mörderjagden?

Nein, er war bei der Wirtschaftspolizei, und Leonie hätte seine komplizierten Aufgaben selbst dann nicht verstanden, wenn er ihr davon hätte erzählen dürfen.

Cherry nickte feierlich. „Ja, klar. Amtsgeheimnis." Dann wechselte sie in ihrer sprunghaften Art das Thema. „Was wirst du eigentlich mal beruflich machen?"

„Wahrscheinlich gehe ich zum Fernsehen. Ich möchte Dokumentarfilme drehen, wie meine Mutter."

Cherry zog die Nase kraus und grinste. „Du meinst, du filmst wilde Tiere und so?"

„Nein, nicht so etwas ... Frauenfilme. Weißt du, wie Frauen in aller Welt leben und was sie für Probleme haben."

„Super", sagte Cherry, beugte sich vor, drückte Leonie blitzschnell einen Kuss auf die Wange. „Mhm, du bist ganz samtig. Ich krieg meine Haut nie so richtig hin ... sie wird so leicht nervös. Psychosomatisch, ganz eindeutig. Fühl mal." Sie ergriff Leonies Hand und drückte die Finger leicht an ihre Wange. „Sobald ich mich nur ein bisschen aufrege, wird sie richtig heiß und trocken."

„Schlimm wird's erst, wenn deine *Nase* heiß und trocken wird, dann bist du krank", meinte Leonie und lachte, doch ihr Lachen klang nervös. Sie zog ihre Hand zurück. Einen Augenblick lang hatte ein merkwürdiges Gefühl der Beunruhigung sie durchströmt, in dem Moment, als das Mädchen die Finger an ihre Wange gedrückt hatte und sie die weiche, warme Haut am Handrücken gespürt hatte. Sie war froh, als Cherry das Thema wechselte und anfing, von sich selber zu erzählen.

Sie war trotz ihres kindlichen Aussehens bereits neunzehn, hieß mit richtigem Namen Geraldine und wohnte am Stadtrand, unten am Flüsschen. Ihre Mutter war Schneiderin, ihr Vater Tankwart. Als sie merkte, dass Leonie sich kaum noch an etwas aus ihrer vergangenen Zeit erinnern konnte, tat sie ihr Bestes, um einige Wissenslücken zu füllen.

Sie überschüttete die neu gewonnene Freundin mit einem Schwall von Informationen. „Da war die Bäckerstochter ... und die Frau mit dem Pekinesen ... aber ja, so ein kleiner weißer Ofenwisch, den hast du sicher hundert Mal gesehen ... und der alte Herr, der am Kaufhaus wohnte. Mensch, an den kannst du dich auch nicht mehr erinnern? Aber doch wenigstens an seinen Sohn ... auch nicht? Ja sag mal, hast du auf dem Mond gelebt?"

Das kam mit so herzlicher Entrüstung heraus, dass Leonie lachen musste.

„Tut mir leid", entschuldigte sie sich. „Ich glaube, ich habe tatsächlich Gedächtnislücken."

Sie verkniff sich die Bemerkung, dass nach ihrem Umzug in die Großstadt Köln tagein, tagaus so viel Interessanteres auf sie eingestürmt war. Ihre eher ereignislosen ersten fünf Lebensjahre hier waren neben all diesen anderen Erlebnissen völlig verblasst.

„Macht nichts." Cherry strahlte sie an. „Hast du Lust, mir zu helfen? Ich habe Annette versprochen, die Jux-Päckchen einzuwickeln."

Leonie stimmte bereitwillig zu.

Es war eine leichte und amüsante Arbeit. Sie saßen in einem Zimmer des Pfarrhauses vor riesigen Schachteln mit Zeitungspapier, Kleinkram und Klebebändern und packten ein, während Cherry Leonie auf den neuesten Stand brachte, was die hiesigen Weihnachtsfestlichkeiten betraf.

„Wir haben den Weihnachtsbasar und den Fackellauf mit Musik, und die Konzerte, und am ersten Feiertag das Honoratiorendinner. Bist du auch eingeladen?"

„Ich weiß nicht. Was ist das?"

„Na ja, dein Großvater wird dort sein, also nehme ich an, dass du auch eingeladen bist. Anna-Maria Schaller gibt ein Essen für die Prominenz. Ein Benefizdinner mit teuren Eintrittskarten, deren Erlös ihrem Projekt für arme Mädchen zugute kommt. Das macht sie jedes Jahr. Sie rupft die Bonzen ganz ordentlich, aber die kommen immer sehr gern. Ist ja für eine gute Sache, und außerdem ist das Essen ein Traum. Die Frau kocht göttlich, das sagt sogar Annette Wegener, die sonst ziemlich kritisch ist. Nur die feinsten Leute sind eingeladen, die Gurlingers, die Nosbecks, die Poschkes, und natürlich die Rendels. Die sind ja die Feinsten der Feinen."

Sie lachte laut, aber mit einem Unterton, der Leonie nicht gefiel. Sie war jedoch in Gedanken mit etwas anderem beschäftigt. Wenn sie Cherry richtig verstand, waren die Leute auf der Liste die ortsansässigen Honoratioren.

Sie hakte vorsichtig nach. „Und wer ist noch eingeladen?"

„Nun ja, die Familie Oberon natürlich, die Rösel, die Hemmerer und die Schaller. Die großen Acht nennen wir sie. Das waren die Gründerfamilien, weißt du, die irgendwann im 17. Jahrhundert hier auftauchten und anfingen, Häuser zu bauen. Sie halten sich immer noch für die eigentlichen Ureinwohner. Bis ungefähr 1900 waren sie auch die Einzigen. Erst als die Eisenbahn gebaut wurde und das Tourismusgeschäft ins Laufen kam, zogen mehr Leute hierher, und jetzt sind wir eine Stadt. Na, ein Städtchen jedenfalls."

Leonie wagte eine vorsichtige Frage. „Scheint aber nicht

sehr gut zu laufen, das Geschäft ... Das Hotel ist fast leer und eine Menge Läden sind geschlossen."

„Der Sturm ist schuld", antwortete Cherry. „Der hat die Gäste vertrieben."

„Ja, wahrscheinlich", stimmte Leonie nachdenklich zu und war sich sicher: *Irgendetwas stimmt hier nicht!*

*

Als die beiden Mädchen mit den Paketen fertig waren, holten sie sich Schinkentoast und dampfenden Waldfrüchtetee aus der Küche und setzten sich zum Essen in die dunkle Diele des Pfarrhauses auf eine Bank. Leonie stellte fest, dass sie Geraldine mochte. Die Feiertage sahen plötzlich längst nicht mehr so langweilig aus, wie sie befürchtet hatte. Auch das alte Haus gefiel ihr. Es war ein richtiges Pfefferkuchenhaus, kuschelig und gemütlich, trotz der vielen Porträts früherer Pfarrherren, deren langbärtige Gesichter streng aus den schwarzen Holzrahmen blickten.

„Hübsch ist es hier", sagte sie. „Richtig behaglich."

Cherry nickte. „Ich mag Pfarrer Wegener. Ich hatte früher ein bisschen Probleme, weißt du ... als mir bewusst wurde, dass ich immer kleiner sein werde als andere Leute. Da war ich schon mal richtig fertig. Als Kind war mir das gar nicht so aufgefallen, ich dachte eben: Na ja, die einen sind kleiner, die anderen größer ... aber dann rutschte plötzlich dem Schularzt dieses Wort raus, *zwergwüchsig*. Da fiel mir echt alles runter. Ich kam mir vor, als sei ich einem Zirkus ausgerückt. Ein Jahr oder so hab ich mich zu Hause eingebunkert und wollte keinen Menschen sehen." Sie schnupfte nachdrücklich, dann fuhr sie fort. „Da war der Pfarrer super. Der hat mich wirklich so lange überall hin mitgeschleppt, bis ich von selbst wieder den Mut hatte, mitzumachen."

„Und jetzt macht es dir nichts mehr aus, dass du ..." Leonie beendete den Satz nicht. Die Sache war ihr peinlich, und sie schämte sich plötzlich, dass sie selbst so ein Theater wegen einer spitzen Nase machte, während Cherry mit einer viel schlimmeren Sache locker fertig wurde.

„Na ja, ganz so würde ich's nicht sagen", korrigierte diese. „Manchmal geht's mir schon ganz schön an die Nieren. Weißt du, oft sind es Kleinigkeiten, zum Beispiel wenn mir im Kaufhaus einfach keine Hose passt und die Verkäuferin sagt: *Na, sehen wir mal in der Kinderabteilung nach.*"

„Verstehe", murmelte Leonie. Verlegen richtete sie den Blick auf die lange Reihe von Pfarrerporträts. Cherry sollte nicht das Gefühl haben, dass sie sie angaffte.

Aber als sie zu den Gemälden hinaufblickte, fiel ihr plötzlich etwas Eigenartiges daran auf.

In der Reihe ölgemalter Gesichter klaffte eine Lücke.

Als wäre ein Zahn aus einem braunen alten Gebiss heraus gebrochen worden, starrte zwischen zwei schwarzen Rahmen die nackte Täfelung hervor. Leonie sah sofort, dass das Bild nicht erst kürzlich abgenommen worden war, denn das Holz darunter war vom Alter tabakbraun.

„Da fehlt ein Bild", sagte sie und deutete auf die leere Stelle.

Cherry nickte und war offenbar ebenfalls froh, das Thema wechseln zu können. „Das ist schon Ewigkeiten her, dass das abgenommen wurde ... schon unter einem anderen Pfarrer. Aber Pfarrer Wegener sagt auch, er würde ihn nicht im Haus haben wollen, Geistlicher hin oder her."

„Wen meinst du?"

„Er sagt", fuhr Cherry eifrig fort, ohne ihren Zwischenruf zu beachten, „es rinnt ihm über den Rücken, wenn er nur an den fiesen Kerl denkt, und das versteh' ich, nach allem, was danach passiert ist ..."

„Wen meinst du?", bohrte Leonie abermals. „Ich hab keine Ahnung, von wem du redest."

„Ach so, klar. Hatte ich schon wieder vergessen. Deine Gedächtnislücken." Cherry nickte ihr wohlwollend zu. „Du warst ja noch so klein, als du weggezogen bist ... da haben sie dir sicher nichts von Alexander Weimar erzählt. Meine Mutter tat auch immer furchtbar geheimnisvoll, bis ich die Sache selber rauskriegte. War ein schrecklicher Skandal damals, über den niemand gerne redete."

„Welche Sache?" Leonie rückte ein Stück näher an sie heran.

Cherry dämpfte geheimnisvoll ihre Stimme. „Er war hier evangelischer Pfarrer, weißt du. Dann wurde er komisch. Frag mich nicht, warum. Vielleicht war er verrückt geworden oder irgendjemand hatte einen schlechten Einfluss auf ihn ... Er trennte sich jedenfalls vom Christentum und machte seine eigene Sekte auf. Er redete nur noch von der Hölle und vom Weltuntergang und davon, wie schlecht die Welt sei, und wurde immer finsterer. Dabei war er früher hier der große Schwarm aller Frauen gewesen. Er war ein aufregend schöner Mann, wild und faszinierend – genau wie Severin."

„Findest du Severin denn wild und faszinierend?", fragte Leonie neugierig.

Cherry nickte eifrig und ließ einen tiefen, herzergreifenden Seufzer hören. „Na klar. Alle Mädchen hier finden ihn aufregend. Du etwa nicht?"

„Weiß nicht", murmelte Leonie geistesabwesend. Ein ganz neuer Gedanke war in ihr aufgestiegen. Wieso kam Cherry jetzt plötzlich auf Severin Schaller zu sprechen? Welche Verbindung bestand zwischen ihm und diesem lang verstorbenen Pfarrer Weimar? Sie stellte die Frage laut, und Cherry beantwortete sie prompt.

„Eine von Weimars Töchtern heiratete einen Schaller, der sich zuerst der Sekte anschloss, sie dann aber wieder verließ. Er war Severins Ururgroßvater. Die Schallers wollen bis heute nichts davon hören, dass sie einmal mit Pfarrer Weimar verwandt gewesen sind, aber manche Leute sagen, Severin sei ganz nach ihm geraten, im Aussehen und ... na ja, in der Art, wie er ist. Wenn ich dir einen guten Rat geben darf, erwähn' das nicht vor Anna-Maria Schaller, sonst hast du ein Problem. Sie verabscheut ihren Urgroßvater."

Leonie nickte. „Ich werde mich hüten."

Sie hätte gerne noch mehr gefragt, aber da rief die Frau des Pfarrers von drinnen nach Cherry, und das Gespräch war fürs Erste beendet.

Leonie trank tief in Gedanken den letzten lauwarmen Rest ihres Früchtetees aus. Immerhin war das Geheimnis ihres Albtraums jetzt gelöst. Zweifellos hatte sie als Kind irgendwann zumindest Andeutungen über den bösen Pfarrer gehört, die sie im Unterbewusstsein gespeichert hatte, und in der ersten Nacht im Hause Schaller waren diese Gespenster der Vergangenheit in ihre Träume gekrochen. Es war eine Erleichterung zu wissen, dass es wenigstens keine übersinnlichen Schrecken waren, die sie heimgesucht hatten.

*

Der Pfarrer war mit den Leuten vom Krankentransportdienst beschäftigt, und Severin und Carsten waren nirgends zu finden, also verabschiedete Leonie sich von Annette und machte sich auf, zu Fuß die steile Gasse ins Städtchen hinunter zu steigen. Nach all dem Kaffee und Tee und einem Übermaß an Kuchen war sie froh, sich an der frischen Luft bewegen zu können.

Es hätte ihr nichts ausgemacht, allein zu gehen, aber Cherry erwies sich als ein anhängliches Mädchen. Kaum hatte sie gehört, dass Leonie loswollte, entschied sie ebenfalls, dass sie dringend nach Hause musste.

„Dann haben wir ja denselben Weg." Sie strahlte Leonie an. „Ist doch viel netter, wenn man Gesellschaft hat. Und ich weiß eine Abkürzung."

Leonie lächelte höflich, aber insgeheim dachte sie, was für ein neugieriges Nest dieser Ort doch war. Erst hatte sich Severin– offenbar auf Befehl seiner Mutter – an ihre Fersen geheftet, dann hatte der Pfarrer sie ausgefragt, und jetzt klebte Cherry an ihr und schien entschlossen, sie keinen Augenblick mehr allein zu lassen. Aber so waren kleine Städte nun einmal. Sie musste nur aufpassen, dass sie nicht zu viel von ihren Eltern erzählte, sonst würde das alles brühwarm die Runde machen.

Glücklicherweise interessierte sich Cherry vor allem für das Leben in der Großstadt, die Diskotheken, die Partys, die vielen Events, den Karneval und weniger für das Leben der älteren Helderkamps. Anscheinend betrachtete sie einen Wirtschaftspolizisten als eine Art Buchhalter mit einem ähnlich trockenen Aufgabengebiet. Und mit Dokumentarfilmen wusste Cherry offenbar rein gar nichts anzufangen.

Sie liefen am Straßenrand entlang und erreichten eine Stelle, wo ein schmaler Waldpfad von der Zufahrtsstraße abzweigte. Ein verblichenes Schild hing an einem Baum: *Zugang verboten! Privat! Jagdgebiet!*

Cherry ließ sich davon nicht abschrecken. Sie strebte entschlossen in den lichten Laubwald, in dem sich da und dort Lorbeerbüsche und Stechpalmen mischten. Überreste der herrschaftlichen Gärten, die sich einmal bis hierher erstreckt hatten. Der Schnee lag in unregelmäßigen Flecken auf dem Unterholz, dort wo das lockere Geflecht der kahlen Äste über ihren Köpfen ihn durchgelassen hatte.

Der Pfad schien selten benutzt zu werden, so überwachsen war er. Es krachte und raschelte, als Cherry mit festen Schritten vorwärts stapfte und dabei zuweilen bis zu den Knien im Buschwerk verschwand. Sie hatte eine Zigarette angezündet, an der sie mit nervösen Bewegungen paffte, wie es Menschen tun, die selten und mit schlechtem Gewissen rauchen.

„Der Pfarrer sieht es nicht gern", bemerkte sie mit einem schrägen Lächeln, als müsse sie sich bei Leonie entschuldigen. „Also tu' ich so, als tät ich's nicht ... ziemlich kindisch, ich weiß. Aber ich will keinen Krach mit ihm."

Leonie watete durch kratzendes Gebüsch hinter ihr her. Schneeflocken stäubten von den Ästen, die ihre Schritte in Bewegung versetzten.

Schöne Abkürzung, dachte sie. Und gingen sie nicht überhaupt in die verkehrte Richtung? Das Städtchen lag doch auf der anderen Seite!

Der Waldstreifen war glücklicherweise sehr schmal, sie brauchten keine fünf Minuten, um ihn zu durchqueren. Auf der anderen Seite fiel eine lange, steile Böschung ins Tal ab. Die Reste von steinernen Stützmauern und schmalen Stiegen waren noch umrisshaft unter dem Schnee und dem vom Frost geschädigten Gras zu erkennen. Weiter unten, der Straße zu, ragten die Mauerreste ehemaliger Gebäude auf, dachlose Höfe mit verschieden hohen Mauern und gähnenden Durchgängen.

„Das ist die alte Fabrik", erklärte Cherry, während sie vorsichtig den verschneiten Hang hinab kletterte. „Ich glaube, früher wurde da mal Kupfergeschirr erzeugt ... Kannst du dir das vorstellen? Kupfergeschirr! Na ja, jetzt ist alles schon seit einer Ewigkeit verfallen."

Leonie nickte. Am unteren Ende des Hanges verlief eine asphaltierte Straße, aber sonst gab es kein Lebenszeichen in dem abgeschiedenen Tal.

„Wo führt die Straße hin?", fragte Leonie argwöhnisch.

Cherry blieb neben ihr stehen und rieb sich die frierenden Finger. „Rechts ins Städtchen, links zu den umliegenden Orten, aber bis dorthin sind es noch einige Kilometer. Und ich warne dich gleich, dort ist auch nicht mehr los als bei uns."

„Und wie weit müssen wir jetzt noch laufen?"

Cherry zuckte mit einer lässigen Bewegung die Achseln. „Weiß nicht genau. So zwei, drei Kilometer. Vielleicht auch vier."

Leonie verkniff es sich, ihren Ärger zu zeigen. Das war ja eine feine Abkürzung gewesen. Cherry hatte wohl nur nach einem Mittel gesucht, wie sie Leonie noch eine Weile bei sich festhalten konnte, und das war ihr vollauf gelungen, denn hier in der Einsamkeit war Leonie froh über jede menschliche Gesellschaft. Sie war ein Stadtmensch, daran gewohnt, dass es um sie herum ständig von Menschen wimmelte. Allein zu sein war ihr unbehaglich, schon gar, wenn es sich um ein Alleinsein an einem so öden Ort handelte. Die verlassene Straße im Wald hatte etwas Beängstigendes. Leonie schien es, als stecke der Wald voll lauernder Gestalten, deren Neugier hin und wieder einen Ast niedertrat oder einen jungen Baum in wippende Bewegung versetzte, sodass der Schnee von seinem Wipfel klatschte.

Cherry beobachtete ihr Gesicht aufmerksam. „Hey, du fürchtest dich doch nicht etwa?"

„Natürlich nicht", fauchte Leonie. „Aber ich ärgere mich, dass wir jetzt so weit laufen müssen. Warum sind wir nicht auf der anderen Seite runtergegangen?"

Cherry tat unschuldig. „Du hast doch gesagt, dass du einen kleinen Spaziergang machen willst, oder? Und ich finde das Tal so romantisch. Schau nur, all die verschneiten Bäume."

Leonie brummelte vor sich hin. Sie war schlecht gelaunt, wusste aber, dass alles nur noch schlimmer würde, wenn sie jetzt anfing, mit Cherry zu streiten. Am besten war es, gute Miene zum bösen Spiel zu machen und das nächste Mal eben besser aufzupassen.

Cherry schob den Arm unter ihren und drückte sie freundschaftlich. „Komm schon, die paar Schritte an der frischen Luft tun dir gut. Wirst sehen, wie frisch und rosig du nach dem Spaziergang aussiehst."

Die beiden jungen Frauen kletterten langsam und vorsichtig den Abhang hinunter, bis sie die Ruinen der ehemaligen Fabrik erreichten. Dort blieben sie stehen, klopften sich den Schnee von den Hosenbeinen und bliesen in die kalten Hände. So weit der Blick reichte, breitete sich gleichmäßig das fahle Braun des winterlichen Waldes aus. Nichts sonst war zu sehen.

Leonie dachte: *Nichts als Wald und öde Wiesen ... und Schnee ... Schnee ...* Aber dann entdeckte sie am gegenüberliegenden Abhang oben ein Gebäude. Ein kleiner Ziegelturm ragte über den Rand der winterlichen Wiese, unmittelbar vor den düsteren Tannen. Sie runzelte die Stirn und wollte gerade Cherry fragen, was das sein konnte, da erkannte sie das Bauwerk wieder.

Es war die Ketzervilla!

Sie spürte plötzlich, dass sie fröstelte. Unwillkürlich griff sie nach dem Kragen ihrer Jacke und zog die Kordel zu. Ihre Finger waren klamm, nicht vor Kälte, sondern vor Angst. Erinnerungen krochen von allen Seiten auf sie zu, nur halb geformt und deshalb doppelt erschreckend. Keine Angst ist schlimmer als Kinderangst, die nicht benennen kann, wovor sie sich fürchtet. Sie wusste jetzt, dass sie als Kind eine grenzenlose Furcht vor diesem Gebäude gehabt hatte, und dass Severin zweifellos noch einiges dazu getan hatte, um diese Angst zu vertiefen. Da waren so viele huschende Schatten, die ihre bewusste Erinnerung nicht zu fassen vermochte. War sie vielleicht doch einmal drinnen gewesen? Hatte sie die Treppe gesehen, die sie im Traum hinuntergestürzt war – nein, hinuntergeworfen worden war?

Leonie schob die Hände in die Taschen, um sich zu wärmen. Sie warf einen Blick auf Cherry und stellte fest, dass sie ebenfalls zur Villa hinüber blickte. Das Mädchen schien tief in Gedanken versunken zu sein. Den Blick starr auf das Bauwerk gerichtet, stand sie da und kaute intensiv an ihrem Daumennagel. Plötzlich sagte sie: „Was meinst du, sollen wir uns die Villa angucken?"

„Ich dachte, die ist einsturzgefährdet."

„Ach wo. Das erzählen die Leute hier nur, um die Neugierigen zu vergraulen. Die Villa steht schon eine Ewigkeit und wird noch mal eine Ewigkeit stehen."

Leonie spürte, wie ein unbehagliches Prickeln ihre Wirbelsäule entlanglief. „Aber man kann doch nicht rein, oder?"

„Man kann schon, wenn man weiß, wie", verriet Cherry und kniff verschwörerisch eines ihrer großen blauen Augen zu.

Leonie wich unbehaglich zurück, doch Cherry war bereits Feuer und Flamme für ihre neue Idee. „Komm! Sei nicht ängstlich, es ist doch heller Tag." Sie fasste Leonie energisch am Arm und wollte in das schneebedeckte Gebüsch eindringen. „Komm mit, worauf wartest du?"

Leonie sträubte sich heftig, während sie gleichzeitig nach

Kräften versuchte, ihre panische Angst zu verbergen. Sie riss ihren Arm los. „He! Cherry, mir reicht's, ich hab keine Lust, noch einmal einen Abhang hochzuklettern. Außerdem – schau mal, da oben sind Leute!"

Fern, aber schon deutlich erkennbar, waren zwei Personen um die Ecke des Langhauses gebogen. Ein beleibter älterer Herr mit Anorak und Hut und eine junge Frau im knappen, weinroten Skidress.

„Hartnäckige Leute", murmelte Leonie vor sich hin, als sie Götz Lauterbach und seine Sekretärin erkannte.

Cherry wollte wissen, was sie murmelte, und als sie ihr von der aufdringlichen Frühstücksbekanntschaft erzählte, nickte das Mädchen. „Stimmt, der Dicke ist ziemlich klebrig. Bei jedem Bauern, mit dem er verhandelt, hockt er stundenlang, fährt einen Schnaps nach dem anderen auf – er muss den Alk kistenweise im Auto haben – und lässt sich die Geschichte der Umgebung von Adam und Eva an erzählen. Entweder ist er auf ein ganz großes Geschäft aus, von dem die Bauern nur noch nichts kapiert haben, oder ..." Sie kniff bedeutungsvoll wieder ein Auge zu. „... er ist gar kein Bauunternehmer."

Leonie schüttelte verblüfft den Kopf. „Was denn sonst?"

„Ein Privatdetektiv vielleicht. Oder ein Kriminalbeamter."

„Ist denn irgendetwas passiert, warum ein Detektiv oder Kriminaler eine Woche lang hier herumhängen und kistenweise Schnaps spendieren sollte?"

Cherry gab zu, dass ihr nichts davon bekannt war, beharrte aber darauf, dass Lauterbach nicht war, was er zu sein schien.

„Vielleicht", räumte sie schließlich ein, als sie sah, dass Leonie ihre Theorien sehr skeptisch aufnahm, „ist er auch nur ein Händler, der sich heimlich in den Bauernhäusern umgucken will, ob sie irgendwo wertvolle alte Sachen haben. Solche Typen sind schon ein paar Mal hier aufgetaucht. Sie geben sich als harmlose Touristen aus und spionieren, wo es etwas Wertvolles zu kaufen – oder zu stehlen – gibt. Bei Pfarrer Wegener haben sie schon zwei Mal Figuren aus der Weihnachtskrippe geklaut, die sind nämlich handgeschnitzt und antik. Inzwischen wurde ein Fliegengitter davor gespannt, um die Diebespfoten fernzuhalten."

Motorenlärm näherte sich und gleich darauf bog ein braun lackierter Kleinbus um die Kurve. Der Fahrer hatte die beiden Mädchen kaum gesehen, als er scharf bremste und in einer wirbelnden Schneewolke zum Stehen kam. Das Vorderfenster wurde heruntergekurbelt und Carsten Richter schob seinen Kopf heraus.

„Hey!", rief er ihnen zu. „Wollt ihr in die Stadt? Soll ich euch mitnehmen?"

„Wir lassen uns nicht von fremden Herren mitnehmen", sagte Cherry und hob gespielt hochmütig die Nase.

„Steigt ein, ihr Schönen." Carsten lachte und riss die Vordertür auf. „Severin? Drückst du dich ein bisschen ins Eck?"

Leonie wusste nicht so recht, ob das unerwartete Angebot sie freute oder nicht. Sie hatte zwar keine große Lust gehabt, auf der einsamen Straße durch das vom Wald umsäumte Tal ins Städtchen zurück zu wandern, doch sie empfand auch eine leise unbehagliche Spannung bei dem Gedanken, Severin schon wieder zu begegnen. Außerdem fuhr sie nicht gerne in schmutzigen Autos. Und Carsten Richters Auto war bemerkenswert schmutzig. Die Sitze und die gerippte Bodenfläche des Wagens waren ein einziger Saustall. Auf dem Metall häuften sich grelle Fanta-Dosen, leere oder fast leere Papierhüllen von Kartoffelchips und Schokoriegeln. Zwischen den Sitzen klemmte stark zerknittert eine ältere Ausgabe des Jugendmagazins BRAVO, die Popgruppe ABBA war als Titelbild jedoch noch zu erkennen. Auf dem Armaturenbrett lag ein öliger Wischfetzen und darauf eine schmutzige Zehnerpackung Erdbeerkaugummi. Leonie fragte sich, ob es einer dieser dubiosen Kaugummis war, auf denen Severin immer herumnagte.

Sie war als Erste eingestiegen und wurde, als Geraldine nachdrängte, geradezu gegen Severin gepresst, der im Fond des Wagens saß und die Beine auf den Fahrersitz gestützt hatte. Seine Stiefel lagen fast auf Carstens Schultern.

Den obligatorischen Kaugummi im Mund, murmelte er ein nachlässiges: „Hi."

Geraldine strahlte ihn an, sichtlich bemüht, seine Aufmerksamkeit auf sich zu lenken. „Hi! Wart ihr in Korbach oder in Siegen?"

Severin kaute schweigend weiter und Carsten antwortete an seiner Stelle: „Wir hatten ein paar Kisten abzuholen, deshalb haben wir den Wagen genommen. Und ihr? Was treibt ihr im finsteren Wald?"

„Wir wollten heimgehen und da dachte ich, wir nehmen die Abkürzung durch den Wald."

„Abkürzung? Du machst wohl Witze? Ihr wärt noch eine Dreiviertelstunde gelatscht, um den ganzen Berg herum. Bei dem Schnee und der Kälte wahrscheinlich noch länger. Ihr könnt von Glück sagen, dass wir euch aufgelesen haben." Carsten lachte, schüttelte aber dann den Kopf, und sein Ton wurde väterlich. „Ihr solltet lieber ein bisschen vorsichtig sein. Soviel ich weiß, steht vor der alten Fabrik ein großes Schild *Einsturzgefahr* oder so was Ähnliches. Die Bude ist genauso lebensgefährlich morsch wie die Ketzervilla."

Leonie hatte den Eindruck, dass Severin bei diesem Wort etwas von seiner lässigen Pose verlor. Er zuckte geradezu zusammen, jedenfalls spannte er mit einem Ruck alle Muskeln an. Doch er sagte nichts und starrte weiter regungslos aus dem Fenster, während Carsten fortfuhr: „Du hast doch hoffentlich nicht die Absicht gehabt, da drin herumzukriechen, Cherry?"

„Ist doch verboten", antwortete diese treuherzig. „Aber der dicke Mann mit seinem dämlichen Filzhut ist hier eben noch herum geschlichen. Vielleicht wollte der ja einsteigen und nachsehen, ob es was zu klauen gibt?"

„Da gibt es nicht mehr viel zu holen", bemerkte Severin.

„Warst du etwa schon einmal drinnen?", fragte Carsten überrascht.

„Schon mehrmals", antwortete Severin mit einem selbstzufriedenen Grinsen. „Und sogar ganz legal. Schließlich gehört der Grund uns, meine Mutter hat einen Schlüssel."

Leonie horchte auf. Dass die Ketzervilla den Schallers gehörte, hatte sie nicht gewusst.

Severin fuhr in seinem spöttisch-theatralischen Tonfall fort: „Der abscheulichste Schandfleck weit und breit! Ein Ort finsterer Umtriebe, Gotteslästerung und Mord ..."

„Ach komm", unterbrach ihn Carsten gereizt. „Erschreck' Leonie nicht mit solchen Schauergeschichten." Er sah kurz zu ihr rüber. „Lass dich nicht verrückt machen. Die Ketzervilla ist nichts anderes als ein ehemaliges privates Herrenhaus, in dem um die Jahrhundertwende eine Handvoll Schwärmer ihre ... ihre Messen oder so was in der Art abhielten. Ich wette, das Meiste, was über sie erzählt wird, sind Verleumdungen. Sie machten sich bei der religiös konservativen Bevölkerung ziemlich unbeliebt, und als dann auch noch der schreckliche Unfall passierte ..."

„Unfall?", wiederholte Cherry mit skeptisch hochgezogenen Augenbrauen.

„*Wahrscheinlich* war's ein Unfall", bekräftigte Carsten. „Obwohl es durchaus möglich ist, dass es im Streit zu Handgreiflichkeiten kam und das Mädchen deshalb die Treppe hinabstürzte ... Vor Gericht jedenfalls wurde ihr Vater freigesprochen. Aber ..."

„Aber ...", mischte Severin sich ins Gespräch ein, während er den Kaugummiklumpen mit den Fingern von den Zähnen löste und aus dem Fenster warf. „Aber alle hier wussten damals wie heute, dass Pfarrer Alexander Weimar der Mörder seiner Tochter war." Er grinste Leonie mit boshaftem Vergnügen an. „Er war übrigens mein Ururgroßvater. Man sagt, ich sei ihm sehr ähnlich. Ich hoffe, das schockiert dich nicht allzu sehr?"

Leonie lächelte verlegen. Sie wusste nicht recht, ob Severin – der durchaus Sinn für zynische Späßchen zu haben schien – für diesen abstoßenden Vorfahren wirklich nur Spott übrig hatte, oder ob es ihn insgeheim kränkte. Sie musste daran denken, wie er zusammengezuckt war, als Carsten die Ketzervilla erwähnt hatte.

Um sich eine Antwort zu ersparen, fragte sie: „Ich habe nur andeutungsweise von der Geschichte gehört. Was ist da eigentlich geschehen?"

Severin streckte ein Bein aus und kitzelte Carsten mit der eisenbeschlagenen Stiefelspitze am Ohr. „Erzähl du es ihr, du zukünftiger Professor. Zum Geschichtenerzählen bist du doch eindeutig begabt."

„So viel zu erzählen gibt's da nicht." Carsten Richter schien bereits zu bereuen, dass die Sache zur Sprache gekommen war. „Alexander Weimar war ein fanatischer Sektierer und ein richtiger Familientyrann, der seine ganze Familie in seine religiösen Wahnideen mit hineinzog. Die meisten gehorchten ihm bereitwillig oder jedenfalls ohne Widerstand, aber eine Tochter, Rhonda, machte ihm Schwierigkeiten. Sie hatte keine Lust, wie eine Nonne zu leben und darauf zu warten, dass die angedrohten Gräuel der Verwüstung über sie hereinbrachen. Sie lernte einen jungen Mann kennen ... tja, und dann verunglückte sie plötzlich tödlich. Man fand sie mit gebrochenem Genick im Betsaal auf den Steinplatten des Fußbodens liegend, am Fuß der Treppe ... Aber du solltest nicht behaupten, dass es Mord war, Severin. Es gibt keine Beweise dafür, und ..."

Severin lächelte mit seinen schmalen roten Lippen, die vom Kaugummikauen noch mehr Farbe bekommen hatten. „Und du sollst kein falsches Zeugnis geben wider deinen Nächsten, sollst ihm nichts Übles nachreden, nichts Böses von ihm sagen, und so weiter. Hör mal, Professor, er war *mein* Ururgroßvater. Und ich sage dir, er *war* ein Mörder."

„Wenn du meinst." Carsten hatte es anscheinend längst aufgegeben, sich auf Debatten mit seinem schwierigen Freund einzulassen. Er hielt den Wagen am Ortseingang an und öffnete die Tür. „So weit, so gut, Mädchen. Wir biegen hier ab."

Leonie und Cherry stiegen schweigend aus. Eine Schneewolke stob auf, als das rostfleckige Vehikel knatternd in eine Seitenstraße einbog.

Leonies Gedanken wanderten zurück zu ihrem Albtraum.

Er hatte sie die Treppe hinunter gestoßen, und ihr eigener Aufschrei gellte ihr in den Ohren: Vater! Mörder! Vater!

*

Die Mädchen schlenderten zu Fuß weiter, an den verschneiten Zäunen und Hecken vorbei. Ihre Schritte knirschten im Schnee, der hier nicht, wie in der Großstadt zu Matsch wurde, sondern in mächtigen weißen Haufen liegen blieb.

„War das der schreckliche Skandal, von dem du zuerst gesprochen hast?", fragte Leonie. „Stimmt es, dass es ein Mord war? Weißt du mehr davon?"

Cherry zuckte mit den Achseln. „So viel oder wenig wie jeder andere hier. Wenn du mich fragst – ich glaube auch, dass Weimar seine Tochter umgebracht hat. Er soll rasend vor Wut gewesen sein, als er draufkam, dass sie einen Freund hatte – noch dazu einen ungläubigen Kesselflicker. Er hat grässliche Bilder von ihr gemalt ... Bilder, auf denen sie wie ein Ungeheuer oder wie eine Schlange aussah ... Dann hat er die Bilder in seiner Villa aufgehängt, damit jeder sie sehen konnte. Manche Leute sagen, sie sei vor Schreck gestorben, als sie sich auf den Bildern sah."

Sie bückte sich, formte mit beiden Händen einen winzigen Schneeball und warf ihn über einen Gartenzaun, hinter dem er in einem flauschigen Bett aus frisch gefallenem Schnee versank.

„Aber das kann genauso gut nur Gerede sein, hier wird ja über jede Kleinigkeit gleich hundert Jahre lang geschwatzt. Die Leute erzählen nun mal gerne Geschichten ... dass Rhonda bei der Villa oben herumspukt und der böse Pfarrer das gesamte Städtchen verflucht hat und so. Er war schon ein Stinktier, der alte Weimar. Ich glaube, er hat alle Welt gehasst ... vor allem aber die Leute hier. Die hatten nichts übrig für seine neue Lehre, für sie war er einfach ein Pastor, der sein Amt hingeschmissen hatte. Sie haben ihm vor die Füße gespuckt. Und das konnte er ihnen nicht vergessen. Deshalb hat er diesen Fluch ausgesprochen, dass dem Ort etwas Schreckliches zustoßen würde. Sturm und Finsternis und Feuer. Er sagte damals, sie könnten ihn fortjagen oder totschlagen oder mit ihm machen, was sie wollten – er würde doch zuletzt lachen. Und er würde allen hier den Weihnachtstöter schicken."

„Weihnachtstöter? Was meinte er damit?"

Cherry zuckte wieder mit den Achseln. „Keine Ahnung. Aber eines ist schon komisch, weißt du ... Wenn es hier am Ort wirklich Ärger gab, dann immer zu Weihnachten. Deshalb sagen die Leute, das sei der Weihnachtstöter."

„Was meinst du mit ... Ärger gab?"

„Zum Beispiel gab es hier, soweit man sich zurückerinnern kann, nur einen Mordfall, aber den zu Weihnachten. In der Sägemühle unten hat ein Arbeiter seine Frau, seine zwei Kinder und dann sich selbst erschossen, weil er gekündigt worden war – genau am Heiligen Abend. Am ersten Weihnachtsfeiertag hat man die Leichen gefunden."

Leonie gab keine Antwort. Im Stillen dachte sie, dass es keinen speziellen Fluch brauchte, damit sich solche Tragödien zu Weihnachten ereigneten. In der Stadt schnellte die Selbstmordrate jedes Jahr um den 24. Dezember abrupt hoch. Man hätte eher sagen können, dass das Städtchen ein außergewöhnlich gesegneter Ort war, wenn die Weihnachtsfeiertage in den letzten Jahrzehnten nur ein einziges Mal Anlass zu Mord und Selbstmord gewesen waren.

Cherry zählte weitere tragische Ereignisse auf, die sich in den Jahren seit Pfarrer Weimars Fluch ereignet hatten. Bei einem Bauern war ausgerechnet zu Weihnachten Schweinerotlauf ausgebrochen und hatte seinen Bestand an Schweinen dahingerafft. Ein Ausflugsgasthof war abgebrannt. Ein Kind war in einem Teich ertrunken, als es am Weihnachtstag Schlittschuh laufen wollte. Ein Kleinbus mit Menschen, die zur Christmette nach Siegen wollten, war zu mitternächtlicher Stunde von der Straße abgekommen und in eine Schlucht gestürzt.

„Ist doch irgendwie merkwürdig, oder?", fragte Cherry mit glänzenden Augen.

Leonie zögerte mit der Antwort. Sicher, alle diese Ereignisse waren für die Betroffenen schlimm genug gewesen, aber solche Dinge geschahen nun einmal. Vieh erkrankte, Kinder verunglückten, Autos verunfallten, Häuser gingen in Flammen auf.

Cherry deutete ihr Schweigen richtig. „Na ja, in der Stadt passiert so was wahrscheinlich alle Tage, aber bei uns hier ist es schon ungewöhnlich. Und manche Leute sagen, es wird noch was viel Schlimmeres kommen."

„Was wird kommen?"

„Das weiß niemand. Vielleicht wieder ein schwerer Sturm oder ein Großbrand. Niemand weiß es. Aber dieses Jahr zu Weihnachten ist es genau hundert Jahre her, seit der Pfarrer gestorben ist."

Leonie begriff plötzlich. Sie dachte an die schriftliche Warnung, die sie erhalten hatte, an Severins nervöses Lachen, als sie ihn gefragt hatte, ob es gefährlich sei, im Ort zu wohnen – und an das unbehagliche Schweigen Pfarrer Wegeners. „Dann meinen die Leute also, das fürchterliche Unglück, das er ihnen angedroht hat, würde dieses Jahr kommen?"

„Nun ja ..." Cherry wirkte plötzlich etwas verlegen. „Es glauben natürlich nicht *alle* daran. Solche Hinterwäldler sind wir nun auch wieder nicht. Für viele hier ist das einfach eine alte Volkssage. Aber es gibt immer noch genug Leute, die zu Weihnachten den Ort verlassen. Natürlich haben sie tausend Ausreden. Die einen wollen Verwandte besuchen, die anderen verbringen den Weihnachtsurlaub lieber im sonnigen Süden, und so weiter ... Aber ich hab gehört, dass vor fünfundzwanzig Jahren der Ort zu Weihnachten beinahe völlig verlassen war, und vor fünfzig Jahren genauso. Kannst sagen, was du willst, die Leute haben Angst. Da kann sich unser Pfarrer den Mund fusslig reden ... sie glauben doch eher dem alten Weimar als dem neuen Wegener."

Sie lachte trocken und humorlos auf.

Leonie musste an die verlassenen Häuser denken, die sie gesehen hatte, an die vielen geschlossenen Läden, die wenigen gedeckten Tische im Speisesaal des Hotels. Es schien einen recht beträchtlichen Prozentsatz von *Hinterwäldlern*, wie Cherry sich ausgedrückt hatte, im Ort zu geben.

Cherry blieb an einer Straßenecke stehen. „Hör zu, ich muss jetzt einen anderen Weg gehen ... Aber wir sehen uns bald wieder, ja? Ich schreib dir meine Adresse und Telefonnummer auf." Sie kritzelte ein paar Zeilen auf einen Zettel. „Nicht verlieren!"

Leonie nahm den Zettel entgegen und winkte ihr zu. Erst als das Mädchen verschwunden war, überflog sie den Namen, den Cherry ihr aufgeschrieben hatte. Geraldine Hemmerer ...

Hemmerer ...

Schaller, Gurlinger, Rösel, Nosbeck, Oberon, Rendel, Poschke, Hemmerer.

Aber vermutlich hatte der Pfarrer Recht, und es gab ein halbes Dutzend Hemmerers im Ort, so wie es auch zahlreiche Gurlingers und Poschkes gab. Wenn es wirklich eine Liste böser Menschen war, dann gehörte die zu kurz geratene Geraldine ganz sicher nicht dazu.

FÜNFTES KAPITEL

Leonie schlenderte langsam auf den Ortskern zu, wo es inzwischen recht geschäftig zuging. Wie überall, war man auch hier eifrig mit Weihnachtsvorbereitungen beschäftigt.

Leonie wusste nicht so recht, ob sie ihren Großvater störte, wenn sie ihn während der Amtsstunden aufsuchte. Sie beschloss, es einfach zu versuchen. Wenn er keine Zeit hatte, würde er es ihr schon sagen. Also marschierte sie mit festen Schritten zum Rathaus.

Der Mann am Empfang kannte sie bereits. Er nickte ihr freundlich zu, als sie nach dem Büro ihres Großvaters fragte, und wies ihr den Weg.

Das Büro des Bürgermeisters lag im ersten Stock, aber Leonie bummelte noch ein Weilchen im Erdgeschoss herum. Dort war der Weihnachtsbasar aufgebaut und obwohl er für ihren großstädtischen Geschmack ziemlich provinziell wirkte, so war er doch sehr romantisch. Zwei lange Räume waren mit Tannenreisig, roten und goldenen Bändern und Mistelzweigen dekoriert. An einem Ende stand unter einem Baldachin eine lebensgroße Holzkrippe mit echtem Stroh und einem wächsernen Kindchen darin. Über die ganze Länge der Räume zogen sich mit weißem Tuch bedeckte Tische, auf denen die Spenden der Bürger zugunsten der Armen im Ort aufgebaut waren, vom Kräuter-Hausschnaps in selbst bemalten Flaschen, bis hin zu handgenähten Puppenkleidern.

In einer Ecke war unter einem Rindendach eine *Schmaus-Ecke* eingerichtet, und Leonie staunte über die Unersättlichkeit der Leute. Was die allein an Zwischenmahlzeiten vertilgten, hätte anderswo für zwei Tage gereicht. Unter dem Rindendach türmten sich Mandelkuchen, Schokoladenkekse, geräucherte Würste, verschiedene Aufstriche, schwarzes und süßes Brot, und als Verdauungshilfe jede Menge hochprozentiger Schnaps. Leonie sah sich eine Weile um, wobei sie den Versuchungen der Schmaus-Ecke leicht widerstehen konnte, und machte sich dann auf den Weg ins Obergeschoss.

Die Flure verrieten, dass das Städtchen stolz und geschichtsbewusst war. Zahlreiche Bilder und Grafiken in hellen Holzrahmen dokumentierten seinen Werdegang von einer vorrömischen Siedlung über ein mittelalterliches Dorf, bis hin zu seiner jetzigen Gestalt. Man sah Mauertrümmer, die vor unendlich langer Zeit ein römisches Haus getragen hatten, Reste mittelalterlicher Wehranlagen und eine Holzbrücke über den Fluss, die längst durch eine Stahlbrücke ersetzt worden war. Gemälde und Zeichnungen von verblichenen Stadtvätern aus verschiedenen Jahrhunderten hingen dazwischen; bis zur Unkenntlichkeit nachgedunkelte Ölgemälde von mittelalterlichen Ratsherren, eine Fotoreihe der Stadtprominenz aus dem 19. Jahrhundert, moderne Fotos ...

Leonie nahm sich vor, die Bilder einmal genauer anzusehen, aber im Augenblick war es an der Zeit, dass sie sich bei ihrem Großvater meldete. Allerdings fragte sie sich, ob sie ihm überhaupt etwas Neues erzählte, wenn sie ihm berichtete, dass sie bei Pfarrer Wegener gewesen und dann mit Cherry durch den Wald gestapft war. Wahrscheinlich hatten sich bei ihm inzwischen einige Spione gemeldet, um ihm die neuesten Nachrichten über ihr Tun und Lassen zu überbringen.

Leonie fand die Tür zum Büro ihres Großvaters offen. Sie trat ein und hörte ihn nebenan sprechen. „Es genügt, wenn du den Brief noch fertig schreibst, Irene, dann kannst du für heute Feierabend machen. Gute Reise ..."

Unwillkürlich blickte Leonie zu der elektronischen Schreibmaschine hinüber, in der ein halb fertiger Brief steckte. Irgendein Dankschreiben an einen Sponsor des Weihnachtsbasars.

Leonie atmete unvermittelt tief durch. Der Brief war unwichtig, aber die Schrift interessierte sie.

Sie beugte sich vor, um das Gerät genauer in Augenschein nehmen zu können, ohne dass sie dabei ertappt wurde, falls ihr Großvater plötzlich auftauchte.

Sie konnte einen leisen Pfiff gerade noch unterdrücken.

Das war genau dieselbe Schrift, in der der seltsame Warn- oder Drohbrief an sie abgefasst war!

Das besagte natürlich noch nichts Endgültiges, schließlich war das sicher nicht die einzige elektronische Schreibmaschine mit diesem Typenbild, die man in dem Städtchen finden konnte, aber eigenartig war es doch, dass diese Schreibmaschine ausgerechnet im Büro ihres Großvaters stand.

Leonie hörte Schritte und wandte sich hastig um. Eine junge Frau trat mit einer Unterschriftenmappe unter dem Arm aus einem Nebenraum. Offenbar die Sekretärin. Sie hatte lockiges blondes Haar und trug ein auffallend pinkfarbenes Kostüm mit Messingknöpfen. Bürgermeister Rendel erschien hinter ihr in der Tür.

„Hallo, Leonie!", rief er ihr fröhlich zu. „Hast du einen schönen Tag gehabt? Magst du Kaffee?" Dann wandte er sich an die junge Frau. „Hör mal, Irene, mach' uns doch bitte noch schnell eine Kanne Kaffee. Viel Zeit hab ich ja nicht, in einer Viertelstunde wartet der Feuerwehrchef auf mich."

Irene nickte und eilte zur Kaffeemaschine, während ihr

Großvater wieder in seinem Büro verschwand, um noch schnell ein Telefonat zu erledigen.

Leonie stand ein wenig unsicher da, beobachtete die Blonde und überlegte, wie alt sie sein mochte. Sie fand es schwer, das Alter der Frau zu schätzen. Sie war hochgewachsen und üppig gebaut, aber ihr Gesicht hatte etwas Weiches, Schläfriges, wie das eines kleinen Kindes, und auch ihre Stimme klang überaus kindlich. Leonie erinnerte sich dunkel, dass ihre Eltern bei jedem ihrer Telefonate mit Jörg Rendel zuerst an eine Sekretärin gekommen waren ... eine Frau Oberon.

Oberon ... auch einer der Namen auf dieser seltsamen Liste.

Dann fiel ihr plötzlich ein, dass auch Severin Schaller den Namen erwähnt hatte. Wie hatte er gesagt? „Benefizkonzert von Irene Oberon im Wintergarten." Also war sie nicht nur Sekretärin, sondern auch Musikerin.

Um nicht stumm und dumm dazusitzen, während die Frau Kaffee kochte, fragte Leonie: „Ich habe gehört, Sie singen?"

„Ein wenig." Irene Oberon beschäftigte sich so eifrig mit der Kaffeemaschine, als wolle sie vermeiden, Leonie ins Gesicht zu sehen.

„Wann und wo findet Ihr Konzert denn statt?"

„Heute Nachmittag im Wintergarten des Hotels. Um 15 Uhr."

Immer noch dieser niedergeschlagene Blick. Eigenartig für eine Künstlerin.

Leonie verzichtete auf weitere Gesprächsversuche. Sie nahm ihre Tasse Kaffee entgegen und wartete auf ihren Großvater. Irgendwann musste sie Gelegenheit finden, sich ausführlich mit ihm zu unterhalten, um ihm alles zu übermitteln, was ihre Eltern ihr aufgetragen hatten. Doch im Augenblick sah es nicht so aus, als sei der rechte Zeitpunkt dazu.

*

Sie behielt Recht. Jörg Rendel widmete ihr ganze fünf Minuten, ehe das Telefon auf seinem Schreibtisch erneut klingelte und er hastig ein Gespräch abwickelte, während der Feuerwehrchef bereits durch die Tür spähte. Später würde er Zeit für sie haben, entschuldigte er sich. Sie sollte doch schon einmal im Hotel zu Mittag essen, selbstverständlich auf seine Rechnung, er würde sie am Nachmittag anrufen.

Leonie hatte nach all den Naschereien keine Lust auf ein Mittagessen. Obendrein entdeckte sie Herrn Lauterbach unter den Gästen, als sie später an der offenen Tür des Speisesaals vorbeiging, und das verdarb ihr endgültig den Appetit. Also stieg sie die Treppe hinauf und beschloss, sich ein Weilchen hinzulegen und zu lesen, ehe sie um 15 Uhr zum Konzert ging.

Severin hatte Recht, dachte sie mit einem schiefen Lächeln. Hier musste man die Unterhaltung nehmen, wie sie kam. Wie sollte sie bloß die endlosen Tage bis Silvester überstehen?

In ihrem Zimmer lief die Heizung auf vollen Touren. Als sie aufsperrte, schlug ihr dumpf die Wärme des ungelüfteten Raumes entgegen. Hastig machte sie Licht, lief zum Erker und öffnete beide Flügel der französischen Tür, um die frische kalte Luft hereinzulassen. Sie konnte überheizte Räume nicht leiden.

Leonie drehte sich um und schleuderte die Schuhe von den Füßen. Dabei fiel ihr auf, dass auf dem Teppich bei der Tür ein Stück Papier lag. Jemand musste es ins Zimmer geschoben haben. Neugierig bückte sie sich und hob es auf.

Es war ein billiges Briefkuvert. Als sie es aufriss, fiel ein Zettelchen heraus. Ohne Anrede und Unterschrift war in groben Blockbuchstaben Folgendes zu lesen: *Die Zeit ist ganz nahe. Flieh von hier, solange du noch kannst. Schaller, Nosbeck, Oberon, Gurlinger, Rösel, Hemmerer, Rendel, Poschke.*

Sie schloss die Hand so fest um den Zettel, dass sie ihn fast zerknüllte. Ihr Herz schlug schneller, und jeder Schlag dröhnte in ihren Ohren.

*

Als Leonie pünktlich um 15 Uhr den Wintergarten betrat, entdeckte sie unter den Konzertbesuchern auch Cherry. Als das Mädchen sie ebenfalls bemerkte, winkte es ihr mit überschäumender Begeisterung zu und eilte sofort an ihre Seite.

Der Wintergarten des Hotels war ein achteckiger Raum mit hohen Milchglasfenstern, in die Schäferszenen eingeätzt waren. Eine seltsam dumpfe, muffige Atmosphäre herrschte darin, vermutlich Ausdünstungen der tropischen Pflanzen, die in Holzfässern an der Wand standen. Zwischen Bananenstauden und Palmen waren mehrere Reihen vergoldeter Sesselchen auf ein kleines, von zwei Rosenbüschen flankiertes Podium ausgerichtet. Die Sesselreihen füllten sich mit vornehm gekleideten Männern und Frauen.

Ein eleganter, dunkelhaariger Mann saß an einem Konzertflügel. Cherry beugte sich zu Leonie, deutete auf den Pianist und flüsterte: „Das ist Gussie Oberon ... ihr Mann."

Leonie warf ihm einen Blick zu und fand, dass er sehr reizvoll aussah, wenn auch auf eine etwas zwielichtige Weise. Er hatte große, südländisch braune Augen und einen vollen, ein wenig schlaffen Mund.

Dann kam Irene herein, in einem aprikosenfarbenen Cocktailkleid und silberrosa Schuhen. Sie lehnte sich an einen der Pfeiler, faltete ihre Hände wie ein kleines Mädchen und sang: *Vom Himmel hoch, da komm ich her.*

Ihre Stimme war weich und süß. Gussie spielte mit viel Hingabe am Klavier.

Die Leute applaudierten gerührt. Offenbar waren sie mit dem Gebotenen zufrieden.

Leonie hörte, wie eine Frau der anderen zuflüsterte: „Sieht gut aus, die junge Frau, was? Das schöne Haar! Wirklich wie ein Weihnachtsengelchen."

„Ja", flüsterte die andere zurück, „aber so jung, wie es aussieht, ist das Engelchen längst nicht mehr. Guck sie dir mal bei Tageslicht an."

Als der letzte Applaus verklang, sprang Irene vom Podium, drängte durchs Publikum und eilte hinaus. Gustav Oberon folgte ihr langsam, die Hände in den Hosentaschen.

*

Leonie begleitete Cherry noch bis zur Tür. Einen Augenblick standen sie nebeneinander da und blickten in die frühe Winterdämmerung hinaus. Der Weihnachtsbaum glitzerte und funkelte in all seiner bunt gläsernen Pracht. Es schneite spärlich. Die Flöckchen, die aus den Tiefen des trüben Himmels herab wirbelten, schienen trocken und steif wie Styropor.

„Ich bin froh, dass ich mich aufgerafft habe, um mir das Konzert anzuhören", sagte Leonie. „Ich bin sonst kein Kulturfreak, aber ich muss sagen, es hat mir gut gefallen."

Cherry warf ihr einen scharfen Seitenblick zu. „Ich denke, dir hat vor allem Gussie Oberon gut gefallen, so wie du ihn angegafft hast. Du, pass bloß auf mit dem. Mama sagt, er ist ein Wolf."

Leonie blickte beiseite, um ihr Unbehagen zu verbergen.

Ihr schauderte bei dem Gedanken, dass vielleicht der ganze Ort anfangen würde, hinter vorgehaltenen Händen zu munkeln: *Haben Sie schon gehört? Das Rendel-Mädchen sagte, Gussie Oberon gefällt ihr ...*

Sie erwiderte ein wenig gereizt: „Ich lass mich schon nicht beißen. Außerdem hab ich gedacht, der böse Wolf hier ist Severin."

Cherry lachte, sagte aber nichts weiter zu dem Thema und verabschiedete sich etwas überhastet.

Leonie blickte ihr nach, wie sie hinter einer Gruppe weiterer Konzertgäste verschwand. Der dämmrige Schlossgarten wirkte geheimnisvoll, fast märchenhaft. Zu beiden Seiten der Wege leuchteten die gelblichen Kugeln der Straßenlaternen. Ihr Licht spiegelte sich in den unberührten Schneeflächen der Wiesen.

Was für eine Postkartenidylle, dachte Leonie. Und doch gab es böse Dinge an diesem Ort ... böse Dinge, die tief in der Vergangenheit verborgen lagen und ihre Fangarme bis in die Gegenwart ausstreckten.

*

Kaum eine Stunde später lag Leonie in ihrem Hotelbett und lauschte den Geräuschen, die von draußen herein drangen. Fernes Lachen, Motorengebrumm, die klappernden Schritte später Gäste. Wenn sie den Kopf hob, konnte sie den Dezembermond zwischen den Häusern aufsteigen sehen. Der Glanz des Weihnachtsbaums hing als zarter Schimmer in der Winternacht. Es schneite so schwach, dass sie fast meinte, die Flöckchen zählen zu können.

Sie schloss die Augen und rief sich Gustavs Bild ins Gedächtnis zurück. Schade, dass die wirklich gut aussehenden Männer immer schon vergeben waren.

Sie seufzte leise, während sie sich unter ihren Decken zusammenkuschelte und in der duftenden Wärme einschlief.

Draußen wurde der Schneefall heftiger.

*

Als Leonie am nächsten Morgen nach dem Frühstück zum Rathaus hinüberging, machte sie sich keine großen Hoffnungen auf ein gemütliches Beisammensein mit ihrem Großvater. Und tatsächlich war Bürgermeister Rendel noch viel beschäftigter als am Vortag.

Er nahm sich zwar die Zeit, mit seiner Enkelin eine Tasse Kaffee zu trinken, aber zu einem Gespräch kam es nicht. Nach dem letzten Schluck stand er auf und eilte zur Tür. Im Vorbeigehen klopfte er seiner Enkelin auf die Schulter. „Mach's gut, Kleines, wir sehen uns später."

Dann verschwand er.

Leonie wurde klar, dass sie hier nicht länger warten musste. Sie kehrte ins Hotel zurück und suchte aus dem Telefonbuch die Adresse der Oberons heraus. Mit einem Stück Papier in der Hand, auf dem sie Straße und Hausnummer notiert hatte, eilte sie die Allee entlang.

Irene Oberon war am Morgen nicht an ihrem Arbeitsplatz erschienen. Leonie dachte nicht weiter darüber nach, ihr war das recht, so konnte sie die Frau sicher zu Hause antreffen. Sie war entschlossen, Irene geradeheraus zu fragen, ob sie ihr den seltsamen Brief geschrieben habe und was die Namensliste zu bedeuten hatte. Vermutlich würde dabei nichts weiter herauskommen als die Erkenntnis, dass Irene eine abergläubische und ängstliche Frau war, aber Leonie wollte für jede Antwort dankbar sein, wenn sie nur überhaupt eine bekam.

In der Nacht war viel Schnee gefallen. Abseits der

geräumten Straßen versanken Parkwege und Blumenrabatten, Vorgärtchen und Lauben unter einer weißen Schicht.

Die Oberons wohnten etwas außerhalb des eigentlichen Städtchens. Auf der einen Seite der Straße plätscherte ein grünliches Bächlein, auf der anderen standen in Pastellfarben getünchte, etwas heruntergekommene Häuser. Viele sahen verlassen aus, die Fensterläden waren geschlossen, die Jalousien heruntergezogen. Die Gehwege waren nicht gefegt und versanken im Schnee, der bis auf die Eingangsstufen hinaufreichte.

Leonie ging zögernd auf das Haus zu, trat an die Tür und klopfte.

Nichts rührte sich.

Sie versuchte es noch mal. Kurz darauf glaubte sie, ein Geräusch im Inneren des Hauses zu hören – tatsächlich, ein Schlüssel wurde im Schloss gedreht, und eine Sicherheitskette fiel klirrend herab.

Schließlich steckte eine alte Frau misstrauisch den Kopf zur Tür heraus. Sie trug eine schmutzige Kleiderschürze und hielt einen Kehrbesen in der Hand. „Ja?"

„Ich möchte bitte Frau Oberon sprechen", sagte Leonie höflich.

„Die ist nicht da. Brauchst gar nicht warten."

„Können Sie mir bitte sagen, wo sie ist?"

„Weggefahren. Mitsamt ihrem Kerl. Jetzt fahren eine Menge Leute weg ... alle, die schon wissen, dass es ihnen nicht gerade gut gehen wird, wenn der Herr Zebaoth mit seinem Gericht über diese Stadt kommt. Ja, mit Finsternis, Sturm und Feuer wird der Herr über dieses Heuchlernest kommen!"

Sie schnitt ein Gesicht, bei dem Leonie nicht wusste, ob es ein Lächeln oder ein Zähnefletschen war.

„Und du, nimm dich auch in Acht, Fräuleinchen", fauchte sie dann plötzlich. „Du siehst mir auch so aus, als hättest du allerhand Dreck am Stecken. Mitgehangen, mitgefangen, sage ich nur! Wenn der Weihnachtstöter kommt, dann bist du auch dran!"

Die Tür knallte hart ins Schloss. Leonie stand verdattert am Straßenrand und verspürte wenig Lust, es noch einmal zu probieren.

Das Einzige, was ihr schließlich einfiel, war, bei Cherry vorbeizuschauen. Sie fragte eine Passantin, die ihren Hund ausführte, wie sie zu der Adresse auf dem Zettel käme, und wurde an einen wartenden Autobus verwiesen. Sie stieg ein und nach einer längeren Wartezeit setzte sich der Autobus endlich in Bewegung. Er fuhr eine Weile bergauf, bergab, bis sie schließlich die Station erreichten, an der sie aussteigen musste.

Eine lange Reihe gleichförmiger, aus braunen Ziegeln erbauter Häuser war dort am Hang entlang errichtet worden. In einem Hof stand ein Schneemann, und ein Stück weiter spielten kleine Kinder mit einem Schlitten an der Böschung, aber auch hier machten die Häuser teilweise einen verlassenen Eindruck. Sie sahen düster und unfreundlich aus.

Leonie war erleichtert, als auf ihr Klopfen hin sofort geöffnet wurde und Cherry den Kopf herausstreckte. Sie war noch in Pyjama und Schlafrock, trug einen Kosmetikturban auf dem Kopf und war offensichtlich erfreut, sie zu sehen.

Sie riss die Tür sperrangelweit auf und winkte freundlich. „Komm rein! Mutter schläft noch, aber ich bin putzmunter. Ich muss mich erst anziehen und ein bisschen herrichten."

Leonie folgte ihr in ein düsteres Vorzimmer. Der Kokosteppich, der darin lag, war abgetreten. An den Wänden klebte eine braunrosa Blümchentapete, die stellenweise zu einem lehmigen Gelb verblichen war.

„Willst du Kaffee?", fragte Cherry geschäftig, wartete keine Antwort ab, sondern fasste Leonie am Arm und zog sie mit sich hinter einen Perlvorhang. Auf einem Klapptisch war zum Frühstück gedeckt.

„Greif zu", lud Cherry sie ein und wies großzügig auf einen Teller mit Streuselkuchen.

„Nein, danke", wehrte Leonie ab. In diesem Städtchen schien das Kuchenessen eine der Hauptbeschäftigungen der Bevölkerung zu sein. „Ich habe eben gefrühstückt. Aber eine Tasse Kaffee könnte ich schon noch vertragen."

Sie setzte sich auf einen Küchenstuhl, während Cherry vor dem Spiegel ihr Haar kämmte und mit Spray besprühte, das in dem engen Raum widerwärtig süßlich roch. Sie bestäubte ihre Wangen mit Puder und verteilte eine reichliche Dosis Deo in den Achselhöhlen.

„Bei der Kälte ist es eigentlich egal, was du mit deinem Gesicht machst", vertraute Cherry ihr an. „Da kannst du draufkleistern, was du willst, nach fünf Minuten hast du doch eine triefende Nase und knallrote Bäckchen. Aber wenigstens gut riechen will ich. Schnupper mal."

Sie tupfte Parfüm auf ihren Handrücken und hielt ihn Leonie unter die Nase. Das Parfüm roch am frühen Morgen geradezu unerträglich schwer und süß, aber Leonie nickte anerkennend. „Toll."

„Na, was ist?", fragte Cherry, während sie sich ihr gegenüber an den Tisch setzte und vom Kuchen nahm. „Hast du heute schon irgendetwas Besonderes vor?"

„Ich weiß nicht recht. Großvater ist pausenlos beschäftigt, und sonst ... Ich wollte Irene Oberon besuchen, aber sie und ihr Mann sind weggefahren."

Cherry nickte. „Irene fährt jedes Jahr zu Weihnachten weg. Die hat panische Angst, dass die ägyptische Finsternis kommt oder der kleine Fluss sich in Blut verwandelt. Früher hat sie jedes Jahr allen möglichen Leuten Briefe geschickt und sie davor gewarnt, in der Stadt zu bleiben, aber sie ging allen so furchtbar auf die Nerven damit, dass sie aufhören musste, sonst hätte der Bürgermeister sie irgendwann gefeuert."

Leonie nickte nur. Jetzt wusste sie mit Sicherheit, wer ihr den Brief geschrieben hatte, empfand dabei jedoch merkwürdigerweise keine Erleichterung. Sie verstand selbst nicht, warum. Sie glaubte doch überhaupt nicht an diese Geschichten von spukenden Pfarrerstöchtern und hundert Jahre alten Unheilsflüchen. Ihr Kopf jedenfalls glaubte kein Wort davon, aber auf ihrem Herzen lag eine schwere Last, die sich nicht abschütteln ließ.

„Und du?", fragte sie. „Bleibst du zu Weihnachten da?"

Cherry wiegte ihren Kopf. „Ich hätte nichts dagegen, die Feiertage irgendwo anders zu verbringen, sagen wir mal, auf Teneriffa oder in St. Moritz. Aber so, wie es bei mir finanziell aussieht, werde ich zu Hause bleiben und mir das Feiertagsprogramm im Fernsehen angucken." Sie lachte trocken, wandte sich halb um und warf Leonie einen Seitenblick zu. „Aber du hast etwas anderes gemeint ... ob ich mich fürchte, nicht wahr?"

Leonie nickte stumm.

Cherry überlegte sekundenlang, dann legte sie zwei Finger aufs Herz. „Im Kopf hab ich keine Angst, wenn du das meinst. Aber hier ... so im tiefsten Inneren ... da ist mir doch ein bisschen mulmig. Ich hab mal gehört, dass Menschen aus Naturvölkern wirklich sterben, wenn ihr Zauberpriester sie verflucht. Und ich denke, da kannst du noch so zivilisiert sein, niemand wird gern verflucht. Ein bisschen Angst hat man immer, hm? Du wahrscheinlich auch, oder?"

„Ja." Leonie lächelte zaghaft. Sie war froh, dass Geraldine ebenso empfand wie sie selbst. „Wie du sagst ... Der Kopf hat keine Angst, aber der Bauch ist anderer Meinung."

Cherry nickte. „Als ich seinerzeit gehört habe, dass die Hemmerer auch zu den Verfluchten gehören, da war mir eine Zeit lang schon ordentlich mulmig. Aber bei uns in der Familie ist nie was Besonderes passiert, weder zu Weihnachten noch an einem anderen Tag."

Leonie horchte auf. „*Verfluchte?* Was meinst du?"

Cherry schlug sich mit der Hand an die Stirn. „Hab schon wieder vergessen, dass du die Geschichte nicht kennst ... Damals, zu Pfarrer Weimars Zeiten, da war unser Städtchen ja viel kleiner als heute, und die Leute behaupten, der Fluch gilt nur für die Familien, die damals schon hier gewohnt haben ... die Nosbecks und die Rendels und die Poschkes und so weiter." Sie zögerte eine Weile und rieb sich verlegen die Nasenspitze, ehe sie weiterredete. „Und es ist schon komisch, weißt du ... man kann sagen, was man will, aber was da passiert ist, ist immer jemandem aus diesen Familien passiert. Es waren Rösels Schweine, die am Rotlauf starben, und Nosbecks Gasthof, der abgebrannt ist, und ein Kind der Gurlingers, das im Teich ertrank, und der Arbeiter, der seine Familie und sich selbst umgebracht hat, hieß Alfred Poschke."

Leonie blickte sie zweifelnd an. „Andere Leute ... Zugereiste ... haben hier im Ort also nie Unglück gehabt?"

„Doch, natürlich."

„Na also."

„Aber das *Weihnachtsunglück*", beharrte Cherry, „das hat immer jemanden von den Gründerfamilien getroffen."

Leonie seufzte und Cherry deutete ihren Gesichtsausdruck richtig. „Du brauchst gar nicht so gucken. Deine Eltern sind doch deswegen abgehauen." Sie genoss Leonies Verblüffung. „Das sagen die Leute jedenfalls. Dein Vater und deine Mutter wollten nicht mehr länger in einer verfluchten Ortschaft wohnen. Dein Vater ist ja nicht von hier, und er wollte hier auch nicht bleiben, also hat er deine Mutter so lange bekniet, bis sie alles zusammenpackte und mit dir und ihrem Mann wegzog."

Leonie schüttelte irritiert den Kopf. „Unsinn. Sie gingen weg, um Karriere zu machen. Das hier ist schließlich kein Ort, an dem man sich einen Namen erarbeiten kann."

Aber Cherry blieb bei ihrer Meinung. „Nein, mit Karriere hatte das nichts zu tun. Sie kriegten Angst um dich, nachdem du dich so komisch aufgeführt hattest. Deswegen zogen sie weg."

„Ich?" Leonie war ratlos und spürte, wie sich eisige Kälte in ihrem Bauch einnistete. Wovon redete Cherry da? In allen Gesprächen mit ihren Eltern war immer nur die Rede davon gewesen, dass sie sich wegen des Umzugs nach Köln mit Jörg Rendel zerstritten hatten.

Sie beugte sich vor und packte ihre neue Freundin an den Handgelenken. „Los, raus damit! Was heißt, ich hätte mich komisch aufgeführt?"

Cherry zuckte ein wenig zurück, fasste sich aber rasch wieder. „Na, du hattest diese Albträume und warst total mit den Nerven runter. Jeder hier weiß davon. Mir hat es meine Mutter erzählt, als wir darüber redeten, dass du zu Besuch kommst. Du hast nichts mehr essen wollen und bist immer dünner und nervöser geworden, und deine Eltern waren echt besorgt, du würdest noch ernsthaft krank werden und vielleicht sogar sterben. Dann sind sie weggezogen."

„Warum sollten sie wegziehen, weil ich Albträume hatte?“, fragte Leonie und kannte die Antwort bereits. Der Traum, der sie in der Nacht nach ihrer Ankunft geplagt hatte, war nur einer in einer langen Reihe von schrecklichen Träumen gewesen, die sich alle um die Ketzervilla drehten.

Cherry bestätigte, was sie dachte. „Du musst dich über irgendetwas dort furchtbar erschreckt haben. Aber du hast niemandem gesagt, was es war. Deine Eltern meinten, Severin hätte dir solche Angst gemacht ... und ich meine, es wäre ihm zuzutrauen. Er hat Spaß dran, andere zu erschrecken. Aber eine Menge Leute hier denken, du hättest vielleicht ein Gespenst gesehen, die Erscheinung des alten Weimar oder seiner Tochter Rhonda.“ Sie beugte sich mit lebhaftem Interesse vor. „Hey, hallo, kannst du dich denn gar nicht erinnern?“

„Nein. Ich weiß, dass ich Albträume hatte und manchmal jetzt noch habe, in denen die Villa eine Rolle spielt, aber ich kann mich an keine Ursache erinnern.“

Severin! Hatte er sie so sehr geängstigt, dass sie ein echtes Trauma zurückbehalten hatte? Bedeutete ihr Traum vielleicht, dass er sich als das Gespenst des bösen Pfarrers verkleidet und sie die Treppe hinunter gestoßen hatte?

Ich kann das nicht dulden, Anna-Maria, dass dein Junge meine Kleine mit seinen sadistischen Späßen zu Tode erschreckt ...

War sie davon krank geworden?

Einmal hatte er sie in ein Mastställchen für Schweine gesteckt und stundenlang darin festgehalten. Es war ihm durchaus zuzutrauen, dass er sie in den unheimlichen Betsaal gesperrt hatte und sie vor Angst halb verrückt geworden war.

Aber darüber wollte sie mit Cherry nicht sprechen. „Nein, ich kann mich nicht erinnern.“

Cherry warf ihr einen listigen Blick zu. „Vielleicht erinnerst du dich wieder, wenn du zur Villa gehst. Wenn einem wieder einfällt, woher ein Trauma stammt, dann geht es weg. Das ist eine belegte Tatsache."

„Oh, danke für die Therapie, Frau Doktor. Aber ich bin ganz gesund", fuhr Leonie sie verdrießlich an.

Cherry zeigte ein liebenswürdiges Lächeln. „In dem Fall hast du doch sicher keine Angst, ein harmloses, altes Häuschen zu betreten, oder?"

*

Eine Viertelstunde später spazierten sie langsam den Weg am Waldrand entlang.

Leonie fühlte, wie ihr Herz hämmerte. Ich bin eine Vollidiotin, dachte sie. Nur damit Cherry mich nicht für feige hält, habe ich mich breitschlagen lassen, diese widerliche Ruine zu betreten. Doch wenn sie sich geweigert hätte? Dann würde Cherry wahrscheinlich überall herumerzählen, dass die arme Leonie noch immer so schwer traumatisiert war, dass sie nicht einmal bei hellstem Tageslicht und in Begleitung die Villa zu betreten wagte. Alle würden es hören, alle würden sie mitleidig und neugierig von der Seite anblicken und hinter ihrem Rücken tuscheln.

Nein, ihr blieb nichts anderes übrig, als tapfer hineinzugehen, um sich und allen zu beweisen, dass sie endlich erwachsen und vollkommen gesund war. Sicher war es Severin gewesen, der sie erschreckt hatte, und sie würde noch einmal ein Wörtchen mit ihm darüber reden, aber unter vier Augen. Und sie würde allen zeigen, dass sie nicht mehr die kleine dumme Leonie war, die Angstvisionen bekam, weil ein boshafter großer Junge sie erschreckt hatte, sondern eine coole, vernünftige, erwachsene Leonie, die furchtlos durch dieses widerliche Gruselhaus schritt.

So redete sie sich selber gut zu. Dennoch überfiel sie ein heftiges Unbehagen, als sie schließlich am entfernten Ende der Wiese die Villa stehen sah. Am liebsten wäre sie umgekehrt, aber sie kam sich neben Cherry, die so unbekümmert dahinstapfte, einfach nur dumm vor.

„Als Kind hab ich vor dem Haus auch unheimlich Schiss gehabt", bemerkte diese, als könnte sie Leonies Gedanken lesen. „Wenn wir einmal abends dran vorbeifuhren, habe ich mich vor lauter Angst gar nicht getraut, hinzugucken, denn der alte Weimar könnte ja vielleicht zum Fenster herausschauen. Komm, gleich betreten wir unsere ortseigene Geisterbahn."

Sie pflügte lachend durch den knöcheltiefen Schnee der Wiese auf das altertümliche Gebäude zu. Leonie folgte ihr widerwillig. Ein Gefühl körperlichen Abscheus überkam sie, als sie neben Cherry an der Steinwand der Villa entlangschritt. Das alte Mauerwerk roch faulig, und die blassrote Farbe war abgeblättert.

Das massive hölzerne Tor an der Vorderseite war mit zwei verschiedenen Schlössern versperrt, und ein vergilbtes Schild hing an der Klinke: *Einsturzgefahr! Betreten behördlich verboten!*

„Lass dich nicht abschrecken", sagte Cherry und lenkte Leonie um das Gebäude herum. An der rückwärtigen Wand befand sich eine mannshohe Treppe, die zu einer kleinen Pforte führte.

Cherry kramte in ihrem Beutel herum und beförderte einen breiten Bartschlüssel zutage. „Damit kommt man hinein, aber sag's nicht weiter, das ist mein Geheimnis. Das Schloss war zugestopft, aber ich hab den Pfropfen rausgepult und gemerkt, dass es sich auf diese Weise leicht aufsperren lässt."

Sie setzte entschlossen den Fuß auf die erste der schneebedeckten hölzernen Stufen. Langsam stiegen sie, die Hand am rostigen Geländer, eine hinter der anderen hinauf. Leonie fühlte, wie ihr das Herz im Hals schlug.

„Ist doch ein richtiges Gespensterhaus, was?", meinte Cherry eifrig. „Manchmal wohnen Landstreicher drin. Und einmal hat hier sogar ein entsprungener Verbrecher gehaust."

Leonie kniff misstrauisch die Augen zusammen. „Im Ernst?"

„Klar. Zwei Tage lang, bevor sie ihn wieder einfingen. Allerdings", setzte sie wie entschuldigend hinzu, „war's kein besonders gefährlicher Verbrecher, nur irgendein kleiner Dieb. Wie's eben zu dieser Gegend hier passt." Sie lachte auf, aber in dem Lachen klangen Verachtung und Bitterkeit mit. „In dem Kaff hier gibt's alles nur in Billigausgaben, sogar die Kriminellen sind nur bescheidene Hühnerdiebe."

Der Schlüssel scharrte und rasselte im Schloss, bis der Bart endlich fasste. Die Tür öffnete sich an ihren seit langem ungeschmierten Angeln mit einem Quietschen, das wie ein Aufschrei klang. Dahinter lag die fahle, von muffigen Gerüchen erfüllte Leere einer verlassenen Diele. Die schmalen Fenster waren schmutzverschmiert, aber der Schnee draußen auf der Wiese leuchtete so hell, dass es immerhin für ein graublasses Zwielicht reichte.

„Auf geht's", flüsterte Cherry. Sie riss geheimnisvoll die Augen auf, als sie es sagte, aber in ihren Mundwinkeln glitzerte ein Lächeln.

Die beiden Mädchen gingen, fast auf Zehenspitzen, über den abgesackten Fußboden der Diele weiter. Vorsichtig spähten sie in den nächstgelegenen Raum. Seine Bestimmung war nicht mehr erkennbar. Es gab einen offenen Kamin darin. In einem Winkel stand eine Kommode, der ein Fuß fehlte. In einer anderen Ecke befanden sich zwei ledergepolsterte Hocker. Aus dem Sitz des einen hing eine rostige Sprungfeder hervor.

Leonie fühlte, wie ihr Kälte als rieselnder Schneeschauer über die Haut lief. „Ich hab was rascheln gehört. Gibt's hier etwa Ratten?"

„Kann schon sein." Cherry lief den düsteren Tunnel des Korridors entlang. Papier knisterte, als sie an der tapezierten Wand entlangstrich. Die Tapeten hatten sich in langen Streifen von der Wand abgelöst und eingerollt wie die Rüschen verblasster Kleider. Die Dielen knackten, ansonsten herrschte Stille.

„Hier ist nichts", stellte Cherry fest, als sie ans Ende des Korridors gekommen waren und weder Ratten noch irgendetwas Interessantes entdeckt hatten. Sie hatte Leonie mit sich gezogen.

Am Ende des Ganges konnte Leonie undeutlich eine niedrige überwölbte Tür erkennen, auf deren steinernen Rahmen mittig ein Kreuz eingemeißelt war.

„Was ist da unten?", fragte sie unbehaglich. „Eine Gruft?"

Cherry ergriff ihre Hand. „Nein ... der alte Betsaal. Der Saal, in dem Pfarrer Weimar gepredigt hat ... und in dem er seine Tochter umgebracht hat."

Leonie warf einen Blick auf die Tür, die undeutlich erkennbar im Zwielicht lag. Sie hoffte, Cherry würde auf den Vorschlag verzichten, sich diesen Raum auch noch anzusehen, aber ihre Hoffnung wurde enttäuscht. Cherry zerrte bereits an der Tür, deren eingerostete Angeln sich dem Versuch, sie zu öffnen, erbittert widersetzten.

„Komm doch runter und schau dir das an!", rief Cherry ungeduldig, als die Tür endlich mit einem heiseren Aufjaulen nachgab.

Leonie gehorchte nur widerwillig. Sie stand am oberen Ende einer steilen Treppe, die in einen stockdunklen, offenbar fensterlosen Raum hinunterführte. Eiseskälte schlug ihr entgegen und der ekelhafte, säuerliche Geruch faulenden Mauerwerks. Dann flackerte ein Feuerzeugflämmchen auf und ließ in nächster Umgebung nackte Mauern, das holzgeschnitzte Treppengeländer und die unbestimmten Umrisse schwarzer Betbänke erkennen. Mehr nicht.

„Wenn wir eine Taschenlampe dabei hätten ... au!" Cherry ließ das heiß gewordene Feuerzeug zuschnappen und schüttelte ihre Finger. „Na, wir kommen eben ein andermal wieder, was meinst du?"

Leonie gab keine Antwort. Plötzlich wurde ihr bewusst, dass sie auf eben jener Treppe stand, auf der sich vor langer Zeit das tödliche Unglück – oder der Mord – ereignet hatte. Hastig trat sie einen Schritt zurück. Ihr Absatz stieß an das Holz der Stufe, das einen dumpf krachenden Laut von sich gab. In der Schwärze des Raums klang dieses Krachen erschreckend, und Leonie stellte sich einen Augenblick lang vor, wie sich in all diesen uralten Bänken schemenhafte Gestalten umwandten.

„Lass uns abhauen!", forderte sie mit zittriger Stimme. „Das stinkt ja widerlich hier drinnen!"

*

Die Helle des Schnees draußen blendete sie. Sie kniff die Augen zusammen und blickte zum Himmel hinauf, wo die Sonne sich in eiscremefarbenen Wolkenstreifen aufzulösen schien.

Cherry bestand darauf, ihr auch noch Rhonda Weimars Grab auf dem Friedhof zu zeigen. Der Friedhof lag ein Stück unterhalb der Kirche neben einem steilen Hang. Eine mannshohe Mauer umschloss die Anlage. Man sah, dass die Stadtverwaltung Sinn für Ordnung und Schicklichkeit hatte. Alle Gräber, auch die ältesten, waren sorgsam gepflegt und instand gehalten.

Wie es zu Weihnachten Brauch ist, hatten viele Angehörige der Verstorbenen ihre Gräber geschmückt. Aber auch die anderen blieben nicht schmucklos. Jedes Grab, das nicht von einer Familie gepflegt wurde, hatte auf Kosten der Stadtverwaltung ein Ewiges Licht und ein Gesteck aus Tannenreisern erhalten.

Die beiden Mädchen stiegen langsam den sauber gekehrten Weg bergauf. An der oberen Mauer befanden sich die Familiengräber. Im Gegensatz zu den schlichten Einzelgräbern im unteren Teil des Friedhofs waren diese hier richtige Grüfte mit Türmchen und Zinnen, Treppchen und Gittern, manche von feierlicher Würde, manche von plumper Geschmacklosigkeit, aber allesamt Zeugen von Reichtum und Einfluss. Stolz leuchteten goldgefüllte Inschriften auf den Steinen, die auf eine Vielzahl in Frieden ruhender Familienmitglieder hinwiesen.

Leonie, die von Friedhöfen fasziniert war, schritt langsam an diesen Gräbern vorbei. Ganze Familien ruhten da unter schweren marmornen Gruftdeckeln. Greise, die in biblischem Alter gestorben waren, Seite an Seite mit Kindern, deren Leben oft schon nach wenigen Monaten wieder zu Ende gewesen war. Im Vorbeigehen las sie die Namen. Gurlinger. Schaller. Poschke. Rendel.

Sie blieb stehen.

Ein kleines schwarzes Haus, vor dem eine etwas füllige Trauergestalt mit einer Steinlilie in der Hand saß. Die Namen reichten zurück bis ins frühe 19. Jahrhundert.

Cherry schob die Hand unter ihren Arm und zog sie weiter. „Da drüben ist unser Familiengrab."

Die Begräbnisstätte der Hemmerers war aus rötlichem Stein und trug ein gotisches Türmchen, das im Maßstab nicht recht dazu passte. Es sah aus, als sei eine ganze Kirche in der Erde versunken, sodass nur die Turmspitze herauslugte. Leonie starrte das prunkvolle Familiengrab an und dachte darüber nach, dass einige dieser ehemals bedeutenden und mächtigen Familien ihre Blütezeit längst hinter sich hatten. Cherrys Vater beispielsweise stammte aus einer Familie, die sich auf dem Grabstein stolz als *Brauereibesitzer* und *Fuhrwerksunternehmer* auswies, aber er selbst war nur Tankwart in Korbach. So hatte es Cherry erzählt. Ihre Mutter war Schneiderin, und Cherry erlernte den gleichen Beruf.

Als könnte Cherry die Gedanken ihrer Begleiterin lesen, bemerkte sie: „Kaum zu glauben, was wir mal für Gemeindebonzen waren, nicht wahr? Aber von den Leuten, die früher was zu sagen hatten, sind jetzt nur wenige ganz oben. Die Weimars sind noch reich, und die Gurlingers, und ... na ja, ihr natürlich auch. Dein Großvater jedenfalls." Sie zog Leonie am Arm und deutete auf einen Winkel der Friedhofsmauer. „Schau, dort. Da liegt Rhonda begraben."

Das schmale, einzelne Grab wirkte ein wenig verloren am Rand der mächtigen Familiengräber. Auf dem schwarzen Stein stand nur: *Rhonda Weimar, 1864 -1882, R.I.P.* Der längliche Raum zwischen den Einfassungssteinen war säuberlich mit Eichenrinde bestreut, und darauf lag ein großes weihnachtliches Gesteck aus Blautannenzweigen, silbernen Zapfen und Bändern. In der Grablaterne brannte ein Licht.

„Wer pflegt das Grab?", fragte Leonie. Unwillkürlich flüsterte sie.

Cherry dämpfte ebenfalls die Stimme. „Anna-Maria

Schaller. Sie versucht irgendwie wieder gutzumachen, was ihr Urgroßvater angerichtet hat ... Sie tut auch viel für Mädchen, die Schwierigkeiten in der Familie haben. Pfarrer Wegener geht immer zu ihr, wenn er irgendwo in der Pfarrei Mädchen hat, die keine Arbeit finden oder misshandelt werden oder sonst Schwierigkeiten haben."

Leonie bückte sich und las die Inschrift noch einmal. „Armes Ding ... nicht mal so alt wie du ist sie geworden."

Cherry nickte und seufzte etwas theatralisch. „Da drüben ist übrigens das Familiengrab der Weimars."

Sie führte Leonie zu einer Grabstätte, deren Eingang von zwei dorischen Säulen getragen wurde. Im Inneren des kleinen Raumes ruhte auf einem Steinsockel ein bronzenes Buch, in dessen aufgeschlagenen Seiten die Namen der Familie Weimar verzeichnet waren. Die Ersten der Familie waren schon im 17. Jahrhundert ortsansässig gewesen.

Leonie beugte sich vor und schirmte ihre Augen mit der Hand ab. Wenn sie genau hinsah, erkannte sie eine Stelle auf der bronzenen Oberfläche, die ein wenig anders aussah als ihre Umgebung. Dort waren Namen ausgekratzt und die Stellen frisch überzogen worden.

Cherry merkte, wo sie hinsah, und nickte. „Sie haben seinen Namen ausgelöscht ... auch den von seiner Frau und seinen Kindern."

„Sind sie denn nicht hier begraben?"

„Nein."

„Wo dann?"

Cherry zuckte mit den Achseln. „Ich weiß es nicht."

„Was heißt, du weißt es nicht? Irgendwo hier auf dem Friedhof müssen sie doch begraben sein, wenn sie schon nicht in ihrem Familiengrab liegen."

„Ich weiß nicht, ob sie überhaupt hier gestorben sind. Niemand weiß, was aus ihnen geworden ist. Manche Leute sagen, sie seien abgehauen und weit weggezogen, als ihnen die Feindseligkeit hier zu viel wurde. Na, komm." Cherry stampfte demonstrativ mit ihren roten Stiefeln auf den Kies. „Mir wird allmählich kalt."

SECHSTES KAPITEL

In der Nacht quälten Leonie seltsame und schreckliche Träume, in denen posaunenartige Stimmen vom Himmel erschallten und ihr Heimatstädtchen in sich zusammenstürzte wie die Städte, die sie auf den Bildern im *Wachtturm* gesehen hatte. Der sonst so zahme Fluss war schwarz wie siedendes Pech und wallte in riesigen Wogen auf. Feuer loderten in den Straßen. Die Posaunenstimmen lärmten und dröhnten ...

Leonie fuhr keuchend im Bett hoch. Einen Augenblick lang dachte sie, die Stimme, die sie soeben gehört hatte, sei nur Teil ihres Traums. Aber dann sah sie das nächtliche Zimmer um sich, sah den silbernen Lichtstreifen, den das Mondlicht quer über die Glastür und den Erker malte, und wusste, dass sie wach war. Dennoch hörte sie ganz deutlich Severin Schallers Stimme – und eine zweite, viel ältere und tiefere Stimme. Sie drangen durch das Oberlicht der Erkertür, das sie offen gelassen hatte, um das Zimmer zu belüften.

Leonie sprang mit einem lautlosen Satz aus dem Bett. Ihre Räumlichkeit lag im ersten Stock, sodass man sie keinesfalls sehen konnte, wenn sie den Erker betrat. Trotzdem drückte sie sich eng an die Wand, während sie mit einer Hand vorsichtig den Vorhang zur Seite zog.

Zu hören war jetzt nichts mehr, aber sie sah Severin Schaller über den Schlossplatz zu seinem Wagen gehen. Er schwankte ein wenig, als hätte er zu viel getrunken. Das Licht der Straßenlampen glänzte auf seinem hellblonden Haar.

Sie wollte sich eben umdrehen und in ihr Bett zurückkehren, als eine zweite Gestalt aus dem Schatten unter ihrem Erker auftauchte und den Platz überquerte. Ihr Herz tat einen so wilden Schlag, dass sie erschrocken die Hand auf den Mund presste.

Der Mann, der da unten im Lampenlicht stand, war ihr Großvater.

Einen Augenblick verharrte er in dieser Stellung, stumm und mit geballten Fäusten, dann schrie er, scheinbar in hellem Zorn, Severin hinterher: „Da spielst du das ganze Jahr den wilden Kerl, und dann hast du die Hosen voll wie ein kleines Kind, wenn der Butzemann im Schrank klopft!"

Severin blieb stehen. Seiner Stimme war anzuhören, dass er genauso wutgeladen war wie Rendel. „Was heißt Hosen voll? Ich hab zu Weihnachten was Besseres zu tun, als mich in diesem Kaff hier zu Tode zu langweilen!"

Rendels Stimme nahm einen beschwörenden Ton an. „Mensch, Junge, jetzt mach dich nicht lächerlich. Irgendwann ist doch Schluss mit den alten Geschichten, da muss doch mal Gras drüber wachsen."

„Okay. Lassen Sie es mich wissen, wenn das Gras gewachsen ist", blaffte Severin zurück.

Der Bürgermeister explodierte. „Feige bist du, feige wie ein altes Weib!"

Leonie dachte schon, es würde zu einer Schlägerei kommen. Severin stieß unverständliche Laute aus, ließ es aber dabei bewenden und startete seinen Wagen betont laut und lärmend.

Ihr Großvater stapfte mit langen, wütenden Schritten über den Platz.

Leonie schlüpfte in ihr Bett zurück.

Verrückt, dachte sie, *verrückt* ... dann gehörte also auch Severin Schaller zu denen, die Angst hatten, zu Weihnachten hier zu bleiben. Das hätte sie niemals gedacht. Bislang hatte sie vermutet, die Angst vor Pfarrer Weimars hundertjährigem Fluch beschränkte sich auf ein paar alte Leutchen und nervöse Geschöpfe wie Irene Oberon.

... aber Severin Schaller?

*

Am nächsten Morgen war der Himmel von bleigrauen Wolken bedeckt, und die Luft roch beißend nach Schnee. Es schneite noch nicht, aber ein unruhiger Wind wehte, und gelegentlich wirbelten einzelne kristallene Flöckchen unter dem schwarzen Himmel dahin. Die Äste der üppig geschmückten Blautanne auf dem Schlossplatz zitterten im Wind, und die glitzernden Girlanden schwangen leise klirrend hin und her.

Leonie frühstückte lustlos im leeren Speisesaal und überlegte, was sie mit dem Tag anfangen sollte. Ihr Großvater hatte ihr zwar hoch und heilig versprochen, sich heute Zeit für ein Gespräch zu nehmen, aber inzwischen kannte sie ihn gut genug, um sich keine allzu großen Hoffnungen zu machen.

Sie hatte auch keine Lust, in dem halb leeren Hotel herumzusitzen, und so machte sie sich auf, um noch einmal Pfarrer Wegener zu besuchen, mit dem Hintergedanken, dass sie bei dieser Gelegenheit vielleicht auch Carsten zu Gesicht bekäme. Der junge Mann war ihr sympathisch gewesen und noch mehr – sie hatte das Gefühl gehabt, dass er ein Mensch war, dem sie vertrauen konnte.

Sie suchte die Gasse, die zur Kirche hinaufführte, und stieg langsam bergauf. Es war ein angenehmer Spaziergang, obwohl die Sonne sich hinter den Wolken versteckte.

Nach einer Weile stieß sie auf eine Pforte in der Tamariskenhecke, die in den Botanischen Garten hineinführte, und beschloss, diesen Weg zu wählen. Sie redete sich ein, sie wolle nur eine Abkürzung nehmen, doch im Grunde wusste sie genau, dass sie noch einmal vor der Tafel mit dem sonderbaren Bittspruch stehen wollte.

In dem kleinen Pavillion angekommen wischte sie den Schnee von der Platte und las.

Hinter einer Hecke wurde ein raschelndes, schabendes Geräusch laut, und gleich darauf trat eine in Winterkleidung vermummte Frau hervor und begann, mit einer Reisigrute den Schnee von einer Sitzbank zu fegen. Die Frau war alt und krumm und trug das dickste Paar gestrickter roter Fäustlinge, das Leonie je gesehen hatte. Eine große Tüte Vogelfutter, die unter ihrem Arm klemmte, verriet, warum sie so eifrig Schnee fegte.

Ohne zu grüßen oder eine Frage zu stellen, fuhr sie Leonie in barschem Ton an: „Ja, lesen Sie das nur, es gibt ohnehin zu wenig Leute, die sich das noch zu Herzen nehmen."

„Ich kenne die Inschriften schon", antwortete Leonie ruhig. „Aber verstanden hab ich sie nicht. Was ist damit gemeint?"

„Nun, der Alte natürlich, der Ketzer", sagte die Frau, während sie mühsam mit ihrem Reisigbesen weiter herumwerkte.

„Geben Sie mir den Besen, ich mache das", schlug Leonie vor. Die Alte nickte nur und Leonie fegte mit kräftigen Bewegungen den Schnee links und rechts zur Seite, während die Vogelfreundin in ihrer Tüte kramte.

„Ja, ja", bemerkte die Frau mehr zu sich selbst, als zu Leonie. „Diesmal wird's wohl so kommen, wie er gesagt hat. Mir ist es gleich, ich bin alt, da kommt's nicht mehr drauf an, ob ich heute oder morgen sterbe, und außerdem wohne ich ja nicht im Ort unten. Aber die anderen ... Nun, da werden sich einige wohl noch wundern."

„Wieso wundern?", fragte Leonie.

„Na, weil sie dachten, sie wären ihn losgeworden", erwiderte die Alte. Sie holte ein paar Meisenringe aus ihrer Tüte und reichte sie Leonie. „Wenn Sie schon so freundlich sind, könnten Sie die an den Ästen da festmachen? Meine Hände sind schon so steif und krumm ... Tja, damals dachten sie, jetzt hätten sie ihm und seinen Leuten das Maul gestopft. Aber genützt hat es ihnen gar nichts. Gar nichts! Jedes Jahr zu Weihnachten schickt er ihnen den Weihnachtstöter als Erinnerung daran, dass er noch da ist, und dieses Jahr ..."

„Aber", wandte Leonie verblüfft ein, „er ist doch schon vor hundert Jahren gestorben."

„Gestorben oder nicht, was heißt das schon", brummte die Alte abschätzig. „Mein Mann ist auch schon zwanzig Jahre tot. Meinen Sie, deswegen wäre er nicht mehr da?"

„Verstehe", murmelte Leonie. Sie war zu dem Schluss gekommen, dass die alte Frau nicht ganz bei Verstand war. Sie lächelte mit gequälter Freundlichkeit. „Ich gehe jetzt, damit Sie in Ruhe Ihre Vögel füttern können ... Auf Wiedersehen und einen schönen Tag noch."

Die Frau nickte und nuschelte vor sich hin, während sie mit gebrechlichen Bewegungen Futter auf den gefegten Boden streute. Doch dann drehte sie sich noch einmal um und kreischte Leonie nach: „Die werden sich alle noch wundern, jawohl! Dass sie ihn und seine Leute umgebracht haben, das wird ihnen nichts nützen, rein gar nichts!"

*

Leonie hatte die schrille Greisenstimme noch im Ohr, als sie das Pfarrhaus betrat. Sie hastete durch die Diele – an dem leeren Fleck vorbei, wo Pfarrer Weimars Porträt einmal gehangen hatte – in die Küche.

Annette Wegener, die am Tisch saß und Bonbons in buntes Papier wickelte, blickte auf und lächelte ihr erfreut zu. „Ja, Sie sind's, Fräulein Rendel! Willkommen bei uns."

Hier, dachte Leonie, würde sie niemals Helderkamp heißen! Hier war und blieb sie Rendels Enkelin.

Im nächsten Augenblick rief die Frau auch schon mit dröhnender Stimme: „Albin! Albin! Besuch für dich!"

Ihre Stimme hallte durchs Haus und tatsächlich erschien kaum eine Minute später der Pfarrer.

„Sieh einer an, Leonie!" Er nahm ihre Rechte in beide Hände und schüttelte sie. „Was gibt es denn? Willst du zum Mittagessen bleiben? Es ist gleich so weit."

„Ich hatte eigentlich nur ein paar Fragen ...", begann Leonie.

„Aha. Ach ja. Na, dann komm und iss mit uns, und nachher wenden wir uns deinen Fragen zu."

Leonie stellte erfreut fest, dass Carsten zu Hause war. Auf den Ruf des Pfarrers hin kam er aus seinem Arbeitszimmer und gesellte sich zu ihnen. Gemeinsam halfen sie Annette, das Essen aufzutragen. Lauchsuppe, Hamburger mit Mayonnaisesalat und Brötchen, Korinthenkuchen und zuletzt Heidelbeertörtchen mit Schlagsahne. Bevor sie zu essen begannen, legte Pfarrer Wegener die Hände zusammen und betete kurz und im Stillen.

Während sie an den Heidelbeertörtchen löffelten, erzählte Leonie von ihrer Begegnung mit der alten Frau am Vogelfutterplatz. „Sie behauptete, Pfarrer Weimar und seine Anhänger seien ermordet worden ..."

Der Pfarrer machte ein angewidertes Gesicht. „Weißt du,

ich wünschte, über diese unangenehme alte Geschichte würde endlich Gras wachsen. Was da alles erzählt wird! Die einen haben seine Tochter in der Villa herumspuken gesehen, die anderen warten darauf, dass ein Würgeengel unser Städtchen überfällt ... manchmal fragt man sich, in welchem Jahrhundert wir eigentlich leben."

„Aber weiß denn niemand, was tatsächlich ..."

Der Pfarrer schnitt ihr das Wort ab. „Nein, ich weiß auch nicht, was aus ihm und seinen Anhängern geworden ist. Ich persönlich glaube, sie sind heimlich von hier geflüchtet und haben sich anderswo niedergelassen. Sie werden gute Gründe dafür gehabt haben. Damals war man noch nicht so tolerant, dass man das Gespräch mit Andersdenkenden gesucht hätte. Die Zeit der Scheiterhaufen war zwar lange vorbei, aber für die Leute hier war Pfarrer Weimar ein Abtrünniger, und dafür hatten sie nichts als Hass und Verachtung übrig. Ich kann mir gut vorstellen, dass er mit seinen wenigen Anhängern hier wegzog, weil sie um ihr Leben fürchten mussten ... vor allem, nachdem seine Tochter so früh den Tod gefunden hatte."

Seine Frau fügte hinzu. „Sie war im Dorf sehr beliebt, so behauptet die Überlieferung, und sie soll ein schönes und umgängliches Mädchen gewesen sein. Kein Wunder, dass sich ein junger Bursche in sie verliebte. Er hatte einen so wunderbaren Namen, erinnere ich mich ... Angelus. Obwohl er wahrhaftig kein Engel gewesen sein dürfte."

„Gibt es denn eine Chronik darüber?", fragte Leonie neugierig.

„Ja, sicher", erwiderte der Pfarrer. „Früher wurde sie hier im Pfarrhaus aufbewahrt. Das war ja der geeignete Ort, weil man ohnehin die Geburten, Eheschließungen und Todesfälle in die Kirchenbücher eintragen musste. Also führte der jeweilige Pfarrer auch gleich die Stadtchronik.

Aber mein Vorgänger hat die Bände dem Museum für Heimatkunde in Siegen geschenkt. Du weißt ja, wie alte Bücher sind ... Sie werden spröde und brüchig und müssen sorgsam aufbewahrt werden, um nicht zu zerfallen."

Leonie nickte und fragte vorsichtig: „Dann stimmt es also nicht, dass Pfarrer Weimar ermordet wurde?"

Wegener hob beide Hände und ließ sie wieder fallen. „Es gibt immer wieder Leute, die so etwas behaupten. Möglich wäre es, dass die Angehörigen und Freunde des Jungen an ihm Rache genommen haben. Fahrendes Volk war damals durchaus zu einem Fememord bereit ... Aber nun sei mir bitte nicht böse, Leonie, können wir nicht über ein weniger deprimierendes Thema sprechen?"

Leonie merkte, dass seine Stimme gereizt klang, und stimmte rasch zu. „Natürlich."

Carsten hatte während der ganzen Mahlzeit kaum ein Wort gesagt. Jetzt blickte er auf. „Ich wollte dich fragen, ob du Lust hast, heute Nachmittag etwas zu unternehmen. Oder bist du bereits ausgebucht?"

Sie schüttelte den Kopf. „Was hast du denn vor? Gehst du wieder auf den Weihnachtsbasar?"

Carsten blickte zur Seite und verschränkte unsicher seine Hände ineinander. „Nein, heute nicht ... Ich dachte, wenn du Lust hast, zeig ich dir ein bisschen, was es hier so an Sehenswürdigkeiten gibt." Er blickte auf und lachte verlegen. „Ich muss gleich sagen: Das ist allerdings nicht allzu viel."

Leonie lächelte. „Einverstanden."

*

Carsten parkte seinen klapprigen Lieferwagen vor dem kleinen Heimatmuseum, das sich in einem putzigen alten

Häuschen in einer engen Gasse befand. Die schmalen, dunklen Räume waren vollgestopft mit alten Tongefäßen, die man in der näheren Umgebung ausgegraben hatte. Überall hingen geschmiedete Geräte, vergilbte Urkunden und nachgedunkelte Gemälde. Leonie sah sich das alles recht gleichgültig an, doch plötzlich blieb sie wie erstarrt stehen.

Einen erschrockenen Augenblick lang dachte sie, das Ölgemälde stelle Severin Schaller in einem altertümlichen Kostüm dar. Die spitzen, schmalen Züge, das straff zurückgekämmte hellblonde Haar, die stachelbeergrünen Augen, der schmallippige Mund.

Sie trat unwillkürlich einen Schritt zurück. Dann begriff sie, dass es nicht Severin sein konnte. Der Mann, der hier abgebildet war, war mindestens doppelt so alt wie er. Sein Haar lichtete sich an den Schläfen, um seinen Mund kerbten scharfe Falten, und er hatte bläuliche Ringe unter den Augen. Sie beugte sich vor und las die Inschrift auf dem Messingplättchen am unteren Rahmenrand: *Selbstporträt Pfarrer Alexander Weimar, 1808 – 1882.*

Carsten, der nah an sie herangetreten war, tippte ihr auf die Schulter und deutete auf die gegenüberliegende Wand. „Das große Bild da, das ist auch von ihm."

Leonie folgte seiner Handbewegung. Das Gemälde nahm fast die gesamte Wandfläche des kleinen Raumes ein, aber sie hatte es beim Hereinkommen nicht weiter beachtet, weil sie meinte, die Szene zu kennen: Adam und Eva am Tor des Paradieses, ein flammenumlohter Gottvater, der sie mit zorniger Geste hinauswies.

Nun blieb sie wie erstarrt davor stehen. Das war nicht die Szene, die sie so oft auf Bibelillustrationen gesehen hatte. Adam – war diese bocksbeinige Mannsgestalt Adam? Er sah viel eher wie ein Faun oder gar ein Teufel aus ... und die zornige Gestalt im Hintergrund, die ein Schwert in der Hand hielt, wer sollte das sein? Gott selbst? Oder der Engel mit dem Flammenschwert? Wie auch immer, das Gesicht, das aus dem Strahlenkranz herausblickte, war dasselbe bleiche, scharfe Männergesicht wie auf dem kleinen Porträt ... Pfarrer Weimars Gesicht.

Und die Eva war offenbar nach der Vorlage einer wirklichen Frau gemalt worden. Die Schlange, die vom Baum herabhing – eine dicke, giftgrüne Schlange –, hatte sich um ihren Hals gewickelt und würgte sie, und sie schrie mit weit offenem Mund und vorquellenden Augen um Hilfe, aber das Bild ließ klar erkennen, dass niemand zu Hilfe kommen würde.

Carsten stand unbeweglich daneben, die Hände in den Hosentaschen.

„Es heißt", sagte er, wobei er mit dem Kinn auf das Gemälde wies, „er hätte seine Tochter als die sündige Eva gemalt, weil sie mit einem Burschen davonlaufen wollte, und diesen Kerl hat er als den Teufel dargestellt. Sieh den Bocksfuß. Soll ein hübscher Junge gewesen sein, aber ein Luftikus, ein Kesselflicker oder Bürstenbinder oder dergleichen. Irgendein Vagabund, die damals noch häufig anzutreffen waren. Und er selber, er war natürlich Gott ... der arrogante alte Heuchler."

Leonie presste die Hand auf die Brust. Dieses Bild war scheußlich! Wie konnte ein Vater seine Tochter so malen ... ganz gleich, was sie falsch gemacht haben mochte? Und dann ein Vater, der ein Geistlicher war ...

Betroffen wandte sie sich ab. Carsten sollte nicht merken, wie schrecklich das Bild sie berührt hatte.

Sie folgte ihm durch die übrigen Räume des Heimatmuseums und tat, als interessiere sie der altväterliche Kram, der überall in den Vitrinen lag.

Betont beiläufig fragte sie: „Es ist jetzt genau hundert Jahre her, dass er gestorben ist, nicht wahr?"

Carsten schüttelte den Kopf. „Nicht gestorben. Verschwunden."

„Verschwunden? Aber hier steht ein Todesdatum: 1882."

„Das stimmt, aber im Kirchenbuch ist kein Todesdatum verzeichnet, und auf dem Friedhof findest du auch kein Grab eines Alexander Weimars. Manche Leute behaupten, er sei 1882 gestorben und von seinen Anhängern heimlich begraben worden, aber es gibt keine Beweise dafür. Andere sagen, er sei mit seiner kleinen Schar bei Nacht und Nebel fortgezogen, ohne dass irgendjemand erfahren hätte, wohin. Das könnte auch möglich sein ... Er hatte außer seiner engsten Familie nicht mal zwanzig Anhänger."

Leonie lächelte schief. „Kein sehr erfolgreicher Sektengründer also."

„Zum Glück nicht. Wenigstens gab es hier nicht viele Leute, die seine Hasspredigten hören wollten. Ich nehme an, dass ihm nach dem mysteriösen Tod seiner Tochter, der Boden im Ort zu heiß wurde und er sich mit seinen Anhängern irgendwohin abgesetzt hat, wo er weniger bekannt und verhasst war ... Vielleicht in eine Großstadt, in der sich seine Gemeinde unauffällig irgendwo einnisten konnte. Kann auch sein, dass er Angst vor dem Kesselflicker hatte, der in seine Tochter verliebt gewesen war. Solche Kerle waren ja recht schnell mit dem Knüppel oder dem Messer zur Hand, wenn man ihnen in die Quere kam."

Leonie blieb stehen, den Blick in eine Vitrine gerichtet, in der sich nichtssagende Bruchstücke von Tongefäßen befanden.

„Glaubst du an diese Geschichte mit dem Fluch?", fragte sie leise. „Dem Weihnachtstöter?"

Carsten überlegte ziemlich lange, ehe er antwortete. „Das kommt drauf an. Dass er einen Fluch ausgesprochen hat, das traue ich Pfarrer Weimar durchaus zu. Ob der Fluch allerdings wirkt ... tja, darauf weiß ich keine rechte Antwort."

„Stimmt es, dass hier zu Weihnachten immer schlimme Dinge passieren?"

Er zuckte mit den Achseln. „Sag mir einen Tag im Jahr, an dem keine schlimmen Dinge passieren. Wahrscheinlich hat man hier bei uns zu Weihnachten nicht mehr oder weniger Pech als woanders auch, doch hier sperren die Leute eben ihre Augen und Ohren besonders auf, man merkt sich jede Kleinigkeit. Das ist wie mit Freitag dem 13. Alles wartet auf das Unheil, und was tut das Unheil? Es kommt."

*

Nach dem Besuch des Heimatmuseums schlug Carsten vor, in dem kleinen Bistro unten am Flüsschen eine Tasse Kaffee zu trinken, und als sie gemütlich beisammen saßen, fragte er: „Warum bist du eigentlich hierhin zurückgekommen? Nur um die gute Luft zu genießen?"

Leonie nahm einen kräftigen Bissen von dem Mandelkuchen, den sie sich bestellt hatte. „Hörst du keinen Klatsch?"

„Ehrlich gesagt nicht. Dass ich hier bin, um für meine Prüfung zu lernen, ist kein bloßer Vorwand. Ich lerne wirklich. Und das heißt, dass ich stundenlang mit der Politik Metternichs oder den Auswirkungen des Völkerbundes auf die Geschichte der Zwischenkriegszeit beschäftigt bin, aber nicht mit den örtlichen Klatsch- und Tratschaffären."

Leonie grinste. „Schön, wenigstens einen zu treffen, der

meine Geschichte noch nicht in allen Einzelheiten kennt. Also gut. Meine Mutter wurde hier geboren, mein Vater zwei Ortschaften weiter. Sie haben einander kennen und lieben gelernt, haben jung geheiratet und hier gewohnt, bis ich fünf Jahre alt war, aber dann hat es meiner Mutter gereicht, immer nur die Tochter vom Bürgermeister zu sein. Sie wollte sich auf eigene Beine stellen und Karriere machen. Also sind meine Eltern mit mir nach Köln gezogen. Und das hat mein Großvater nicht verwinden können. In seinen Augen ist es eine persönliche Beleidigung, dass jemand sein Städtchen verlässt. Es gab eine Menge Zank. Die letzten zwölf Jahre waren sie stinksauer aufeinander, aber allmählich glätten sich die Wellen. Meine Eltern haben ihr Ziel erreicht und Karriere gemacht. Sie sind beide etabliert und wären durchaus bereit, wieder mit Großvater zu reden, und ..."

„Und du bist die Friedenstaube mit dem Ölzweig?", unterbrach er sie.

Sie lächelte verlegen. „Sozusagen. Jedenfalls fanden sie es klüger, mich vorzuschicken, als selbst hier aufzukreuzen. Großvater hat mich immer gern gehabt ... sofern er Zeit fand, sich mit mir zu befassen."

„Zeit hat er ja wirklich wenig", meinte Carsten bedeutungsvoll.

„Wem sagst du das? Ich habe es noch nicht einmal bis zu einem gemeinsamen Abendessen mit ihm geschafft."

Sie lachten beide, dann fragte Carsten: „Hättest du denn Zeit zu einem gemeinsamen Abendessen mit *mir*?"

„Wo? Wieder beim Pfarrer oben?"

„Nein, ich dachte ... Wir beide ganz allein. Vielleicht könnten wir all den Neugierigen hier im Ort entwischen und irgendwo in Korbach oder Siegen essen gehen ..."

„Du glaubst doch nicht, dass wir ungesehen aus dem

Dorf kommen?", neckte ihn Leonie. „Aber was soll's ... Lassen wir sie tratschen, wir beide bleiben ja nicht ewig hier."

*

Die Pizzeria in Korbach war gemütlich. Leonie genoss das gemeinsame Essen. Sie war froh, der klebrigen Neugier ihres Heimatstädtchens entkommen zu sein und mal eine Stunde lang an einem Ort zu sitzen, wo niemand jede ihrer Bewegungen registrierte. Carsten tat das Seine dazu, dass sie sich wohlfühlte. Sie spürte mit jedem Augenblick, wie ihre Zuneigung und ihr Vertrauen zu ihm wuchsen. Er war freundlich, aber unaufdringlich. Er schien nicht im Geringsten darauf aus, einen Aufriss zu machen, und gab ihr doch deutlich zu verstehen, wie er sich freute, mit ihr zusammen zu sein.

Leonie beschloss, ihm zumindest einen Teil dessen anzuvertrauen, was ihr auf dem Herzen lag. „Ich finde meine ehemalige Heimat irgendwie seltsam. Alle diese Erinnerungen, weißt du. Es ist, als sei alles, was ich hier erlebt habe, in einem anderen Leben geschehen. Manches ist mir völlig fremd, anderes weckt eine solche Flut von Erinnerungen in mir, dass es mich erschreckt ... und es sind eigentlich keine angenehmen Erinnerungen."

Als sie schwieg, hakte er leise nach: „Meinst du damit die Erinnerungen an Severin?"

Sie sah verblüfft auf. „Warum erwähnst du gerade Severin?"

„Er erzählte mir, dass ihr als Kinder viel zusammen wart. Dass seine Mutter ihm oft den Auftrag gab, auf dich aufzupassen. Und ich kann mir vorstellen, dass Severin ein Mensch ist, der beunruhigende Erinnerungen in einem kleinen Mädchen hinterlässt."

Leonie errötete kurz. „Er hat mich nie belästigt, wenn du das meinst."

„Nein, das meine ich nicht. Ich denke, er hat dich gequält, wie er es bei anderen Kindern auch getan hat."

„Das hat er dir erzählt?", fragte sie verwirrt.

„Ja. Er hat keine Skrupel deswegen. Ihn ärgert nur, dass eine Menge Mädchen hier nichts mit ihm zu tun haben wollen. Sie finden ihn zwar aufregend, aber sie halten einen gewissen Sicherheitsabstand ein. Er steht auf dem Standpunkt, dass er der Sohn einer reichen Hotelbesitzerin ist und eines Tages eine Menge Geld erben wird. Das sollte seiner zukünftigen Frau ein paar blaue Flecke wert sein. Die blauen Flecke würden sie ja vielleicht noch in Kauf nehmen, doch er hat den Ruf, verrückt zu sein ..."

„Ist er denn wirklich verrückt?", wollte Leonie wissen und merkte, wie sie bei der Frage den Atem anhielt.

„Auf jeden Fall ist er zu verrückt für diese Gegend hier", erwiderte Carsten lachend.

„Und er ist ein Nachkomme von Pfarrer Weimar."

„Ja, das auch."

Sie fasste sich ein Herz und erzählte ihm von den Albträumen, die sie quälten. „Weißt du, ich habe den Verdacht, der Traum könnte damit zusammenhängen, dass Severin mich als Kind auf eine ganz brutale Weise mit dieser Mordgeschichte erschreckt hat. Vielleicht hat er sich als Pfarrer verkleidet und mich gezwungen, den Mord mit ihm zu spielen, und das verfolgt mich in meinen Träumen."

Carsten lauschte aufmerksam, dann äußerte er vorsichtig seine Meinung. „Ich weiß es nicht. Warum fragst du Severin nicht selbst? Ihr seid beide erwachsene Menschen. Du hast ein Recht, zu erfahren, woher deine schrecklichen Träume stammen."

„Aber du würdest ihm zutrauen, dass er so etwas tut?"

Carsten zuckte unbehaglich mit den Achseln. „Was ich Severin zutraue oder nicht zutraue, hat nichts damit zu tun, was er tatsächlich getan hat. Du musst ihn selber fragen." Dann wechselte er das Thema. „Wie gefällt es dir hier? Ist die Pizza okay?"

Sie nickte nur und wollte ihm doch eigentlich sagen, dass es hauptsächlich seine Gesellschaft war, die ihr Spaß machte.

Während sie noch nach geeigneten Worten suchte, sagte er: „Übrigens ... versteh mich nicht falsch, Leonie, aber du solltest ... Ich meine, wenn du mit meinem Onkel redest, solltest du lieber nicht wieder von Pfarrer Weimar anfangen. Er kriegt nur schlechte Laune davon."

„Warum? Ich meine, ich verstehe schon, dass Weimar ein ziemlich unerfreulicher Amtsbruder war, aber nach hundert Jahren ist das alles doch kalter Kaffee, oder?"

„Eben nicht."

„Was heißt *eben nicht*? Wegen des Weihnachtstöters?"

„Pscht!" Obwohl sie ohnehin leise gesprochen hatte, bedeutete Carsten ihr hastig, die Stimme zu dämpfen. „Nein, da steckt noch irgendetwas anderes dahinter ... aber frag mich nicht, was. Ich weiß es auch nicht. Manchmal bilde ich mir ein: Alle bei uns im Ort wissen es, oder jedenfalls die meisten, nur mir wird niemand etwas sagen. Ich bin für alle ein Fremder, genau wie du. Und was immer da los ist, die Leute machen es unter sich aus." Er ließ das Thema fallen. „Was ist? Hast du noch Lust, dir den Fackelzug heute Abend anzusehen?"

„Fackelzug?" Sie erinnerte sich dunkel, auf einem Plakat eine entsprechende Ankündigung gesehen zu haben. „Ich weiß nicht ..."

„Es ist nicht gerade ein Riesenspektakel, aber doch recht hübsch. Und, wie Severin zu sagen pflegt: Hier muss man dankbar sein für jede Unterhaltung, die sich bietet, und sei's nur ein Hund, der seinen eigenen Schwanz jagt."

*

Sie waren zurück. Dunkelheit breitete sich über der kleinen Stadt aus. Gelegentlich brummte in den Hintergassen ein Auto vorbei. Der Schlossplatz selbst war bereits für das Spektakel gesperrt worden.

Sie eilten über die gepflasterte Fläche und dann eine schmale Gasse zum Marktplatz hinunter. Dort hatte sich eine Gruppe von weit über hundert Leuten versammelt. Leonie horchte auf. Gedämpfter Lärm drang herüber, sowie ein unruhiger rötlicher Schein. Leonie konnte ganz deutlich die fröhliche Musik hören, die sämtliche Fackelträger begleitete.

Als sie näher kamen, sahen sie, dass die Feuerwehrkapelle des Ortes aufspielte. In einer Tonne brannte ein Feuerchen, an dem die Leute ihre Fackeln entzündeten. Schwerer, fettiger Rauch stieg in die klare Winterluft.

Der Zug setzte sich mit dem üblichen *Tschinderassa* und *Täterä* einer Blasmusikkapelle in Bewegung. Carsten und Leonie hielten ihre Fackeln feierlich erhoben. Leonie musste niesen, weil ihr der scharf riechende Rauch in der Nase kratzte.

Der Fackelzug näherte sich dem Schlossplatz. Die Ersten blieben vor dem geschmückten Baum stehen, und die Nachkommenden schlossen sich ihnen an. Sie bildeten einen Kreis. Das Orchester spielte ein Weihnachtslied, und die Fackelträger fielen mit mehr oder weniger wohlklingenden Stimmen ein.

Leonie fühlte, wie jemand sie mit dem Ellbogen anstieß. Sie wandte sich um und blickte in Severin Schallers stachelbeergrüne Augen, die angeheitert glitzerten. Sein Atem roch nach Weihnachtspunsch.

Er grinste sie mit etwas spöttischer Freundlichkeit an. „Hallo. Ich muss dir unbedingt etwas mitteilen."

„Was denn?", fragte Leonie kurz angebunden. Sie hatte sich darauf eingestellt, mit Carsten zusammen zu sein. Severin störte sie.

Und der merkte offenbar, dass er ihr im Augenblick nicht sonderlich willkommen war, dennoch fuhr er unbekümmert fort: „Ich hab Mutter danach gefragt, weißt du ... Was du mich gefragt hast, ob ich noch weiß, dass du mal verliebt in mich warst. Sie sagte, ja, das bist du gewesen, und wie. Obwohl ich dir jedes Mal einen Schubs gegeben hätte, wenn du in meine Nähe kamst. Irgendwann, sagte Mutter, hast du mir sogar einen Kuss geklaut, als ich gerade nicht aufgepasst habe. Menschenskind!"

Carsten lachte versteckt, als er das hörte. Falls er sich über die plötzliche Unterbrechung ärgerte, ließ er sich nichts anmerken.

Severin schob sich mit beschwipster Zutraulichkeit noch ein Stückchen näher an Leonie heran. Sie musste daran denken, was der Pfarrer ihr erzählt hatte: Dass er ein Mensch war, der immer die erste Geige spielen musste. Offenbar hatte er nicht mit ansehen können, dass sie einen Begleiter beim Fackelzug hatte.

Er fragte, ohne sich darum zu kümmern, dass Carsten in Hörweite stand: „Wie wär's denn, hättest du nicht vielleicht gerade jetzt Lust, in mich verliebt zu sein? Inzwischen bist du weitaus attraktiver als damals. Früher hattest du ständig eine feuchte Nase, sagt Mutter."

„Tut mir leid, Severin", antwortete Leonie. „Heute habe ich eine trockene Nase – und ein kaltes Herz, was *dich* angeht."

Er steckte den Schlag mit einem kurzen Auflachen weg und wechselte das Thema. „Wie wär's nach dieser herzergreifenden folkloristischen Darbietung der Gemeinde mit einem Abschlussdrink in der Hotelbar?"

Leonie schüttelte den Kopf. „Ich mag keine harten Sachen."

„Dann trink eben was anderes. Jetzt komm schon." Severin fasste sie am Arm und zog sie mit sich, als wäre Carsten gar nicht da. Der folgte den beiden mit langen Schritten. Auf seinem Gesicht lag ein merkwürdiger Ausdruck, als amüsiere er sich im Stillen über Severins vom Punsch inspirierte Versuche, ihn aus dem Rennen zu werfen.

Sie gingen über den Schlossplatz, über dem hell die Straßenlampen brannten. Frau Holle hatte begonnen, ihre Federkissen zu schütteln. Der Schnee fiel sanft und locker und baute winzige glitzernde Pyramiden auf den Spitzen der Brunnenumrandung. Nach und nach erloschen die Fackeln, und die Kapelle hörte zu spielen auf.

*

Gemeinsam wählten sie einen Platz in einer der Nischen der Gaststube und gaben beim herbeigeeilten Kellner ihre Bestellung auf. Dass sich kaum noch Gäste im Hotel aufhielten, wurde inzwischen deutlich. In drei der vier großen Stuben war das Licht abgeschaltet, die Tische standen schwarz und ungedeckt in den düsteren Räumen. Nur im *Bier-Stübchen* wurde noch bedient.

Ein Mann mit leichtem Gepäck – vielleicht ein Handelsreisender – begrüßte Severin und meinte, während er sich in dem spärlich besetzten Raum umsah: „Sieht ziemlich trübselig aus. Was ist los? Ihr habt doch sonst immer jede Menge Betrieb."

Severin zog ein mürrisches Gesicht und kippte den doppelten Whiskey, den er bestellt hatte, in einem Schluck hinunter. „Mutter hat keine Lust, sich gerade zu Weihnachten vor Arbeit zu zerreißen. Außerdem hatten wir den Sturm, da sind eine Menge Leute abgereist."

„Ach so. Na dann." Der Mann nickte ihm zu und verschwand.

Carsten griff das Thema sofort auf. „Onkel Albin sagte mir, dass du auch über die Feiertage verschwindest, Severin. Wird deine Mutter nicht sauer sein, wenn du sie ausgerechnet beim Honoratiorendinner im Stich lässt?"

„Himmel!", fuhr Severin gereizt hoch. „Hier kannst du wirklich nicht mal zwei verschiedene Socken anhaben, ohne dass es die ganze Stadt weiß, oder? Ja, stimmt. Ich verschwinde. Hab eine Einladung von ein paar Freunden in Gießen bekommen. Was dagegen?"

Carsten warf ihm einen unergründlichen Blick zu. „Warum sollte ich was dagegen haben? Hauptsache, du amüsierst dich gut. Und weit vom Schuss bist du obendrein."

„Das musste ja kommen." Severin war so wütend, dass seine Mundwinkel unkontrolliert zuckten. „Na los, erzähl mir schon die alte Leier vom Weihnachtsfluch. Ich hab gedacht, du bist hier, um für deine Prüfung zu lernen, nicht um Horrorgeschichten auszugraben."

„Ich hab nichts ausgegraben", antwortete Carsten ruhig. „Und ich will dich auch nicht ärgern. Aber es ist schon ein komisches Gefühl, wenn du irgendwo zu Gast bist und merkst, da geht eine Geschichte um, die du als Außenstehender immer nur zur Hälfte hörst. Pfarrer Weimars Porträt und seine Bilder hängen im Heimatmuseum, die Ketzervilla steht immer noch, obwohl sie längst abgerissen werden sollte. Im Botanischen Garten steht nach wie vor dieser Stein mit dem Bittgebet ... aber wenn du fragst: *Was ist aus Weimar geworden? Ist er gestorben? Oder weggezogen?*, dann bekommst du einfach keine Antwort."

Der Alkohol machte sich bei Severin immer stärker bemerkbar, seine Stimme klang inzwischen schleppend, und er wischte sich mit den Fingerknöcheln Feuchtigkeit aus den Augen. „Wahrscheinlich, weil niemand eine Antwort drauf weiß."

Carsten gab sich nicht damit zufrieden. „Wie hast du doch eben selbst gesagt, mein Lieber? Hier kannst du wirklich nicht mal zwei verschiedene Socken anhaben, ohne dass es die ganze Stadt weiß. Aber rund zwei Dutzend Leute sollen sich damals so mir nichts, dir nichts in Luft aufgelöst haben – und niemand hat es bemerkt?"

Severin klammerte beide Hände um die dunkel gebeizte, altertümliche Lehne der Sitzbank. Die Muskeln in seinen Wangen zuckten.

„Hör zu, mein Freund", schnauzte er Carsten an. „Ich hab meine eigene Meinung dazu, was damals passiert ist, aber ich hab auch nicht vergessen, dass ich mit Alexander Weimar verwandt bin. Ich hab keine Lust, dass es mir einmal genauso ergeht wie ihm."

Als Carsten lediglich spöttisch seine Stirn runzelte, geriet er in helle Wut. Jähzornig war er offenbar sowieso, und jetzt erhitzte ihn der Alkohol zusätzlich. „Keine Ahnung, was ich meine, was? Ich sag's dir. Sie haben ihn umgebracht, ihn und seine Anhänger."

„Das hab ich auch so gehört", mischte sich Leonie ein. „Es heißt, die fahrenden Leute ..."

Severin unterbrach sie mit einem bösartigen Auflachen. „Die Kesselflicker, so? Ich sag dir was. Das waren keine Kesselflicker. *Das waren unsere eigenen Leute*. Dafür hat er sie verflucht, und deshalb haben sie heute noch Schiss vor ihm ... weil sie ein schlechtes Gewissen haben, weil sie genau wissen, was damals geschehen ist. Die ganze Stadt war dabei. Gelyncht haben sie ihn, mitsamt seinen Anhängern, und dann haben sie sich das Blut von den Händen gewaschen und wollten es so aussehen lassen, als sei nichts geschehen."

Carsten und Leonie starrten einander an. Leonie sah in Gedanken die Fotogalerie auf dem Flur des Rathauses vor sich ... alle diese würdevollen Stadtväter in ihren steifen Kragen und glänzend gebürsteten Hüten. Männer mit gewichsten Schnurrbärten, das Haar in der Mitte gescheitelt und mit viel Brillantine hinter die Ohren gekämmt. Das sollten Mörder sein?

Severin nickte mit grimmiger Befriedigung. „Hübsche Geschichte, nicht? So was steht natürlich in keiner offiziellen Chronik."

„Woher weißt du es dann?", fragte Leonie.

Severin zog eine Grimasse. „Familiengeschichten. Was sonst! Mit meiner Mutter kann ich über das Thema nicht reden, aber ich hab da so einen komischen Kauz in der Familie, der mir ein paar Tipps gegeben hat. Der hat richtig geforscht ... natürlich nicht hier bei uns, da hätte er nicht viel erfahren, sondern auf Umwegen."

Als er merkte, dass sich auf den Gesichtern der beiden immer noch Zweifel malten, stand er abrupt auf und schwankte dabei so heftig, dass er sich festhalten musste. „Ihr glaubt mir nicht, oder? Schön, ihr Klugscheißer. Ich zeig euch was. Kommt mit." Dem Kellner rief er zu: „Geht alles auf Kosten des Hauses!"

Dann stolperte er, den beiden anderen voraus, aus der Gaststube.

SIEBTES KAPITEL

Draußen war es stockdunkel. Nur die Straßenlampen erhellten die Gassen, und der Christbaum warf einen bunt funkelnden Schimmer über den Schlossplatz. Der Wind hatte aufgefrischt und die Flocken, die erst groß und weich wie Daunen gefallen waren, wirbelten jetzt lebhaft durch die Luft. Kälte biss Leonie in Nasenspitze und Wangen. Sie warf einen besorgten Blick auf Severin, der mit grimmiger Entschlossenheit auf seinen Sportwagen zu stolperte.

„Carsten", flüsterte sie. „Er ist viel zu betrunken, um zu fahren. Ich denk nicht dran, bei ihm einzusteigen."

„Warte." Carsten legte ihr die Hand auf die Schulter. „Ich versuche, ihn zur Vernunft zu bringen." Er lief Severin nach. „Wo willst du denn überhaupt hin?"

„Zur Ketzervilla."

„Jetzt? Im Stockfinstern? Und wie willst du reinkommen?"

Severin fuhr mit der Hand in die Jackentasche, zog seinen Schlüsselbund heraus und schüttelte ihn klirrend. „Du vergisst, wem die Villa gehört, mein Bester."

Carsten hob beide Hände hoch. „Okay, ich geb' mich geschlagen. Du hast auf alles eine Antwort. Dafür hab ich eine Taschenlampe im Handschuhfach, was sagst du dazu? Komm, wir nehmen meinen Wagen."

„Taschenlampe hab ich selbst", fauchte Severin, schien jedoch mit dem Vorschlag einverstanden zu sein. Nachdem er seine eigene Taschenlampe aus dem Sportwagen geholt hatte, stieg er zu Carsten in den Kleinbus. Leonie atmete auf. Um nichts in der Welt wäre sie mit einem Betrunkenen gefahren. Was ihr bevorstand, war schon schlimm genug, ohne dass sie auch noch Kopf und Kragen riskieren musste.

Sie kuschelte sich in ihre Pelzjacke und rieb sich die juckende Nase. Ihre Finger in den Wollhandschuhen fühlten sich kalt und klamm an. Natürlich hätte sie jetzt sagen können: Das alles interessiert mich nicht, ich denke nicht daran, bei Dunkelheit in dem alten Gemäuer herumzukriechen! Doch sie wusste genau, dass sie es niemals fertig gebracht hätte, jetzt ins Bett zu klettern, ohne zu erfahren, was Severin ihnen zeigen wollte.

*

Leonie starrte in die Landschaft hinaus. Die Straße wand sich bergauf, an Gärten vorbei, deren Buschwerk jetzt als braune Skelette aus dem Weiß des Schnees aufragte. Das nächtliche Städtchen wirkte wie die Schlösschen in den Glaskugeln, in denen es schneite, wenn man sie schüttelte. Man konnte sich kaum vorstellen, dass an einem so harmlos aussehenden Ort so schlimme Dinge geschehen waren.

Der Wagen glitt an dem kleinen, verschneiten Friedhof vorbei und dann eine von gelblichen Kugellampen beleuchtete Zufahrtsstraße entlang. Gärten mit schneebedeckten, dürren Gebüschen und Ulmen mit kahlen Ästen huschten im Scheinwerferlicht vorbei. Von den Häusern selbst war kaum etwas zu sehen. Sie lagen in ihren Schatten verhangenen Gärten wie die Igel, die in Laubhaufen ihren Winterschlaf hielten.

Als sie den Schutz der von Bäumen umsäumten Straßen verließen, pfiff ihnen der Wind scharf entgegen. Die Scheibenwischer kamen kaum noch damit nach, die Windschutzscheibe zu säubern. Immer mehr Schneeflocken sausten ihnen entgegen und versuchten, das Glas zuzukleistern. Erst als sie in ein Straßenstück einbogen, neben dem hoch und schwarz der Wald aufragte, wurde die Windschutzscheibe wieder klarer und das Jaulen des Windes leiser.

Carsten parkte den Wagen unter ein paar dichten Tannen, deren Äste wie riesige, borstige Bartwische in der Luft herumfächelten.

„Mensch", wandte er sich übellaunig an Severin. „Ich hoffe für dich, dass du uns etwas echt Interessantes zu bieten hast, sonst lass ich dich nachher bei dem Wetter zu Fuß heim latschen."

Der schlug stumm den Jackenkragen hoch und stapfte ihnen voraus auf das düstere Gebäude zu. Beim Gehen zog er die Schultern zusammen, so heftig fauchte der Wind über die Wiese.

Leonie folgte ihm mit gesenktem Kopf. Sie musste zugeben, dass ihr die doppelte Begleitung sehr willkommen war. In dem verwahrlosten alten Gemäuer hatte sie sich schon bei Tageslicht ziemlich unwohl gefühlt, und jetzt im Finsteren fürchtete sie sich regelrecht.

Angst! Es gab kein anderes Wort dafür. Sie gruselte sich wie ein Kind im Kohlenkeller, und das Winseln und Wimmern des Sturms machte alles noch schlimmer. Sie atmete nervös, als sie die Hintertreppe hinaufstiegen und Severin einen Schlüssel ins Schloss schob, während Carsten ihm mit einer großen plumpen Taschenlampe leuchtete. Wieder knirschte die altertümliche Tür.

Irgendein Tier sauste in Panik davon, als Carsten die Batterielampe hob und auf höchste Stufe drehte. Ein bläulich schimmernder Lichtkreis verbreitete sich in dem kalten Gewölbe.

„Geht schon mal da runter", befahl Severin und schwenkte seine eigene Taschenlampe auf die Tür zum Betsaal. „Ich komme gleich nach. Dann zeige ich euch was."

Carsten ging auf die klobige Tür zu, riss kräftig am Griff, sodass sie aufsprang, und schob sich mit der Taschenlampe in der Hand hindurch.

Leonie trat auf die steile, kleine Treppe, die in den Raum hinabführte, und musterte so gut es ging ihre Umgebung. Unten endeten die Stufen auf einem blau und weiß verfliesten Boden. Die Fliesen hatten sich an vielen Stellen gelockert. Hier und dort waren sie auch zersprungen, und das Lampenlicht fiel auf den dunklen Estrich darunter. Schwarze Kirchenbänke, vier auf jeder Seite des Raumes, und ein Betpult am entfernten Ende bildeten die gesamte Einrichtung.

An den Wänden hatten früher offensichtlich zahlreiche Bilder gehangen. Leonie erkannte die Haken, an denen sie befestigt gewesen sein mussten. Und es gab einige Stellen, wo sich die Rahmen auf der Mauertünche abgezeichnet hatten.

„Waren das ... Pfarrer Weimars Bilder?", fragte sie leise.

Carsten nickte. „Ja. Muss eine ziemlich gruselige Angelegenheit gewesen sein, hier zu beten, mit all den Horrorgemälden im Rücken. Der Alte verstand es, den Leuten Angst zu machen. Er hatte ..."

Ein leises Scharren unterbrach ihn. Unwillkürlich erstarrten sie. Das Scharren schien von allen Seiten zugleich zu kommen, es hallte in der sonderbaren Akustik des Raumes wider, als dringe es gleichzeitig aus dem Fußboden herauf und von der Decke herunter. Etwas rasselte und klapperte in der Dunkelheit über ihren Köpfen. Sie hoben mit einer gleichzeitigen Bewegung ihre Köpfe und blickten erschrocken ins Zentrum des Deckengewölbes.

Dort stand eine Luke offen, und aus dem schwarzen Viereck spähte Severin Schallers bleiches, hohlwangiges Gesicht zu ihnen herunter. Er blinzelte heftig und schirmte die Augen mit einer Hand ab, als Carstens Lampe ihm ins Gesicht leuchtete.

„Hey!", rief er, während er sich Spinnweben aus den Haaren wischte. „Sieht gut aus, wenn man von hier runterguckt."

„Hör auf mit dem Unfug!", rief Carsten ärgerlich.

Severin lachte höhnisch. Sein Gesicht verschwand aus der Luke und gleich darauf kam etwas Schweres lärmend herabgerasselt: Eine lange Eisenkette mit einem gewaltigen Haken daran. Severin schob die Beine durch die Öffnung und kletterte geschickt wie eine Katze an der Kette herab, bis er etwa hüfthoch über dem Boden hing. Dann ließ er sich fallen und landete mit wippenden Knien auf den Fliesen.

„Da hat mal ein Leuchter dran gehangen", erklärte er, nach oben deutend. „Die Klappe war wohl dazu da, dass man ihn bequem reinigen konnte. Praktische Erfindung. Was meinst du, Carsten, sollte dein Onkel so was nicht auch in eurer Kirche einbauen lassen? Dann könnte er immer beobachten, wer beim Gottesdienst pennt."

„Das beobachtet schon ein anderer", erwiderte Carsten trocken. „Und darf ich dich jetzt fragen, was du uns hier so Großartiges zeigen wolltest? Oder ist nur deine alkoholisierte Fantasie mit dir durchgegangen?"

Severin nahm seinem Freund die Lampe aus der Hand und schritt gemächlich durch den verfallenen Raum. Er leuchtete die Wände ab, als suche er nach den Bildern. Dann wandte er sich plötzlich um. Sein Gesicht war ernst.

„Kommt her", sagte er. Der unruhige Lichtschein war erstarrt und beleuchtete ein Stück Mauer, das sich etwa kniehoch über dem Boden befand.

Leonie kauerte sich nieder und kniff die Augen zusammen, um genauer sehen zu können. In die uralte weiße Tünche waren wie mit einem Stichel oder Griffel grobe Lettern eingeritzt, die sie nur teilweise entziffern konnte.

HI ... AC ... T AP ... AT.

Sie blickte zu Severin auf, der jetzt vollkommen nüchtern und vernünftig wirkte. „Was heißt das? Die Striche sind teilweise so dünn, dass ich es nicht lesen kann."

„Ich hab auch eine Weile gebraucht, bis ich es herausgefunden habe. War in Latein nicht so aufmerksam, wie es der Lehrer gerne gehabt hätte. Da steht: *Hic iacet apostata.*"

Carsten streckte verblüfft die Hand nach der Schrift aus und zog sie dann wieder zurück, als habe er Angst, die eingravierten Lettern zu zerstören.

„Das heißt ...", murmelte er. „*Hier liegt ein Abtrünniger* ... begraben, soll es vermutlich bedeuten." Er wich unwillkürlich von der Mauer zurück. „Mein Gott! Wie lange steht das schon da?"

„Keine Ahnung." Severin zuckte mit den Achseln. „Vielleicht schon hundert Jahre." Er wandte sich ab und spazierte wieder zu der Kette hinüber, die im Schein der Taschenlampe einen Schatten warf wie eine vom Gebälk herab pendelnde Schlange. „Es passierte genau am Heiligen Abend, zur Christmesse, habt ihr das gewusst? In dieser Zeit konnte man sicher sein, dass sie alle hier versammelt waren ... und ... dass niemand entkommen würde ..."

Seine schmale, knochige Hand schloss sich um den Haken am unteren Ende der Kette. Die eisernen Kettenglieder rasselten leise, als er sie hin und her schwang.

„An dem Haken da haben sie sie aufgehängt!", rief er schroff. „Einen nach dem anderen, alle zwanzig, Männer, Frauen und Kinder und meinen Vorfahren als Letzten."

*

Leonie spürte, wie ihr eine kalte Welle plötzlicher Übelkeit den Magen zusammendrückte. Sie schluckte, presste die Lippen fest aufeinander und atmete durch die Nase, bis sie wieder sicher war, dass nichts passierte. Sie konnte den Blick nicht von dem starken schwarzen Haken abwenden, der im Lampenlicht einen übergroßen Schatten warf.

Neben ihr sagte Carsten leise mit heiserer Stimme: „Severin ... wenn das ein Scherz ist, ist es ein verdammt schlechter Scherz."

Severin schüttelte den Kopf. Seine Finger ließen die Kette los, die mit einem Klirren zurück schwang und auspendelte.

„Nein", bestätigte er. „Nein, das ist sicher kein Scherz. So hin und wieder ist auch mir etwas heilig."

Leonie fand endlich ihre Sprache wieder. „Aber wie willst du wissen, ob die ganze Geschichte wirklich stimmt? Es gibt doch ... keine Beweise, keine Zeugen ..."

„Nein, das nicht." Severin ließ sich auf eine der Kirchenbänke fallen, deren wurmstichiges Holz durchdringend krachte. „Aber es gab einen Brief ... einen Brief eines Bürgers, der 1883 an einen unbeteiligten Dritten schrieb: *Mit dem Skandal hier im Ort hat es nun seit Heiligabend ein Ende, der Mörder mitsamt seinen Mitschuldigen ist gehängt worden, wie es rechtens ist, und die Sache kann als erledigt betrachtet werden.*"

„Er nannte keinen Namen?"

Severins Grinsen war das eines Totenschädels. „Nein, und ich nehme an, er wird seine Gründe gehabt haben, warum er keinen Namen nannte. Aber zwischen 1875 und

1893 gab es hier nur einen einzigen Menschen, der wegen Mordes angeklagt wurde, und das war Pfarrer Alexander Weimar. Also kann nur von ihm die Rede gewesen sein."

„Mhm ..." Carsten wischte sich mit der Hand über die Stirn, die im Lampenschein einen feuchten Schimmer zeigte. „Mensch, das ist wirklich eine eklige Geschichte ..." Sein Blick wanderte dabei immer wieder zu der massiven schwarzen Eisenkette hinüber.

„Der komische Kauz in meiner Familie, ein Onkel, von dem ich euch erzählt habe", fuhr Severin fort, „hatte einen Händler beauftragt, ihm alles zu beschaffen, was irgendwie mit den Weimars und Schallers zu tun hatte. Landkarten, Briefe, Chroniken, bis hin zu alten Postkarten. Der Händler entdeckte in einer Hinterlassenschaft diesen Brief, sah, dass er von einem Schaller stammte, und schickte ihn meinem Onkel. Und der zeigte ihn mir in einer vertraulichen Stunde. Der Brief stammte von eben jenem Herrn Schaller, der eine der Töchter Pfarrer Weimars geheiratet hatte und eine Zeit lang ein eifriges Mitglied seiner Gemeinde gewesen war, ehe er sie wieder verließ – und verriet. Denn irgendjemand muss damals den Mördern den Schlüssel zugespielt haben, mit dem sie hereinkamen und danach die Tür versperrten, sodass niemand aus der Todesfalle entfliehen konnte."

Leonie zog fröstelnd ihre Jacke um die Schultern zusammen. Sie sehnte sich danach, diese grausame Hinrichtungsstätte zu verlassen, aber ihre Füße waren wie festgewachsen. „Also bist du der Einzige, der weiß, was wirklich geschehen ist? Du – und dein Onkel natürlich?"

„So würde ich das nicht sagen." Severin zog die Oberlippe zu einem hässlichen Grinsen über die Zähne zurück. „Du vergisst, dass eine Menge Leute wussten, was geschah. All die Männer aus den acht alteingesessenen Familien der

Stadt, die damals am Heiligabend loszogen, um ihre Stadt vom Aussatz zu reinigen. Ich schätze, es waren drei oder vier aus jeder Familie ... Männer der Schallers, der Nosbecks, der Oberons ... ja, und der Rendels." Sein Blick flammte wieder auf wie Smaragd. „Hast du gewusst, Leonie, dass auch die Familie Rendel beteiligt war ... an diesem Massaker ... oder diesem kollektiven Vollzug der Gerechtigkeit? Oder ... wie man es auch immer nennen will?"

Leonie griff in ihre Handtasche, zog den maschinengeschriebenen Brief heraus mit der Nachricht, die sie in ihrem Zimmer gefunden hatte, und reichte ihm beides.

Severin las aufmerksam und nickte dann. „Ah ... da war wieder einmal Irene am Werk. Ich muss ihr zugestehen, sie ist eine der wenigen, die wegen all dieser Grausamkeiten ein wirklich schlechtes Gewissen haben."

Carstens Gesicht zeigte nacktes Entsetzen. „Du willst doch nicht behaupten, dass jeder hier von diesem .... diesem ..." Die Stimme versagte ihm. Er deutete stumm auf die Kette.

„Ich glaube einfach nicht, dass alle hier Bescheid wissen und schweigen", half Leonie ihm aus.

„Kommt drauf an, was man unter *Bescheid wissen* versteht", knurrte Severin. „Alle wissen es und allen wäre es lieber, sie wüssten es nicht. Für meine Mutter und mich ist es auch nicht gerade erheiternd, einen Vorfahren zu haben, der gehängt worden ist, zwar illegal, aber letzten Endes zu Recht. Und das auf den Verrat eines weiteren Vorfahren hin." Er wandte sich Carsten zu. „Übrigens habe ich mich immer gefragt, wer wohl diese Inschrift geschrieben hat ... eine *lateinische* Inschrift. Das kann doch nur ein Lehrer ... oder ein Pfarrer gewesen sein, was meinst du?"

Plötzlich stand er mit einem scharfen Ruck auf und schüttelte sich, als widere ihn das ganze Gespräch an.

„Na?", fragte er scharf. „Habt ihr genug gesehen? Seid ihr zufrieden? Ist euer Wissensdurst gestillt?"

„Könntest du aufhören, so sarkastisch zu sein?", bat Carsten. „Mir ist kotzübel."

Leonie sagte nichts. Sie wandte sich nur um und stolperte so schnell sie konnte die Treppe hinauf. Eine Hand an der Mauer, tastete sie sich in aller Eile zum Ausgang, riss die Tür auf – und wurde im selben Augenblick von einem atemberaubenden Strudel erfasst und mit solcher Wucht zu Boden geschleudert, dass sie mit einem erstickten Schrei die Hintertreppe der Ketzervilla hinabstürzte.

*

Sekundenlang lag sie reglos da, ohne zu begreifen, was überhaupt um sie herum vorging. Der Orkan riss ihr den Atem vom Mund, ein Wirbel von Schneeflocken verklebte ihr die Augen und setzte sich wie ein feiner, beißender Schleier auf ihr Gesicht. Sie raffte sich auf. Gestützt auf Hände und Knie tastete sie nach dem Geländer der Treppe und kroch, an die rostigen Schnörkel geklammert, Schritt für Schritt die Stufen empor.

Sie erkannte in der Finsternis einen Lichtschein und glaubte, Schreie zu hören, doch das Heulen und Jaulen des Windes zerriss das Rufen. Erst als Hände sie packten und energisch zur Tür zurückzerrten, wurde ihr klar, dass Carsten und Severin ihr nachgeeilt waren. Wenig später fand sie sich im Inneren der Villa wieder.

Sie sackte an der Wand zusammen und rang nach Atem. Ihre Lunge brannte, als wäre sie soeben aus tiefem Wasser aufgetaucht. Ihr Kopf dröhnte. Knie und Hüften schmerzten von dem harten und unvermuteten Aufprall.

Carsten hockte neben ihr auf dem Boden und hielt sie

umschlungen, während Severin ihr den Schnee von den Kleidern putzte. Beide lauschten angespannt dem tobenden Sturm.

„Ich hab nicht gedacht, dass das so schnell gehen würde“, murmelte Carsten. „Als wir weggefahren sind, war's schon ziemlich windig, aber ich hab mir nichts dabei gedacht ... Mensch, das ist ja noch viel ärger als letztes Mal.“

Wie aufs Stichwort drang von draußen ein Splittern und Krachen herein, das selbst die massiven Türflügel nicht völlig verschluckten.

„Das war ein Baum.“ Severin rieb sich mit beiden Händen die Oberarme. „Oh Mann ... da müssen wir ja kriechen, um zum Auto zurückzukommen.“

„Meinetwegen brauchst du nicht kriechen“, knurrte ihn Carsten an. „Du glaubst doch nicht, dass ich bei einem solchen Sturm fahre? Meinst du, ich bin lebensmüde? Auf der ersten freien Stelle weht es uns alle über den Straßenrand oder wir werden von einem Baum zerschmettert.“

„Willst du etwa hier sitzen bleiben?“

„Von Wollen kann keine Rede sein.“ Carsten wandte sich wieder Leonie zu. „Wie geht's dir? Alles halbwegs wieder in Ordnung?“

Sie rieb sich den Ellbogen. „Ja, ich hab mir nur die Haut aufgeschürft ... Es brennt, das ist alles. Müssen wir wirklich hier bleiben?“

Carsten deutete mit einer unbestimmten Handbewegung zur Tür. „Das ist nicht gerade das richtige Wetter zum Spazierengehen, oder? Severin hat Recht, wir kämen höchstens auf allen Vieren bis zum Auto, und dann riskieren wir, dass uns herunterfallende Äste erschlagen.“

Leonie schlang ihre Arme um die Knie. Sie hatte noch lebhaft in Erinnerung, welche wüsten Spuren der letzte Sturm hinterlassen hatte. Eingedrückte Holzwände, platt gewalzte Schuppen, entwurzelte Bäume ... Aber sollte sie nun wer weiß wie lange hier sitzen bleiben? Ihr war kalt, und müde war sie auch. Außerdem war der Schnee, der bei dem Sturz in ihre Kleider geraten war, zu eisiger Feuchtigkeit geschmolzen.

Jäher Ärger wallte in ihr auf. Wer war schuld an der Misere? Severin, der sich in den Kopf gesetzt hatte, sie und Carsten hierher zu locken! Aber machte es Sinn, den ganzen Groll an ihm auszulassen? Davon wurde es auch nicht besser.

„Mir ist kalt", murmelte sie verdrossen.

„Wir könnten ein Feuer machen", schlug Severin vor.

Leonie sah sich um. „Womit denn? Und gibt es hier überhaupt eine Feuerstelle?"

„Na klar. Das Haus hier wurde in der guten alten Zeit gebaut, als die Leute noch Holz hacken mussten, um es warm zu haben. Da drüben ist ein Kamin." Severin lief den beiden anderen voraus in den Raum, in dem Leonie zusammen mit Cherry gewesen war.

Der Raum war leer, abgesehen von einer Kommode mit einem zerbrochenen Fuß und zwei Hockern. Severin zog die Schubladen der Kommode heraus und schüttelte sie. Alle waren leer. Sie bestanden lediglich aus trockenem, wurmstichigem Holz, genau wie die Hocker.

„Und hier ist unser Kamin." Severin leuchtete die Ziegelwand ab, bis der Lichtschein in ein gemauertes Feuerloch fiel. „So. Auf geht's." Er stellte eine der Schubladen auf den Boden und trat so gewaltsam hinein, dass das Holz splitterte. „Damit schonen wir auch die Batterien unserer Taschenlampen."

Minuten später flackerte ein winziges Feuerchen. Mehrfach drohte es auszugehen, weil der Sturm eine Luftsäule durch den Kamin presste, aber immer wieder flammte es tapfer erneut auf.

Die drei jungen Leute kauerten sich so nah wie möglich an die Feuerstelle. Leonie und Carsten auf den Hockern und Severin auf einer noch unzerstörten Kommodenschublade. Wortlos lauschten sie dem durchdringenden Heulen des Sturms, der bedrohlich gegen die Mauern der alten Villa tobte.

*

Nach einer Weile sagte Carsten leise: „Ich muss daran denken, was da unten geschrieben stand ... *Hier liegt ein Abtrünniger begraben*. Ich kann mir vorstellen, dass man *eine* Leiche beiseite schaffen kann, aber zwei Dutzend? Wo haben sie all die Leute begraben?"

„Das Taufbecken", flüsterte Leonie mit zittriger Stimme.

Die Köpfe der beiden jungen Männer ruckten herum. Leonie saß eng zusammengekauert vor dem sparsamen Feuer. Sie wiederholte leise, ohne aufzublicken: „Ich weiß es natürlich nicht mit Sicherheit, aber die meisten Kirchen und Kapellen haben ein tiefes Taufbecken, groß genug, um Erwachsene darin völlig unterzutauchen. In dieser Villa scheint es ähnlich zu sein. Für gewöhnlich befindet sich das Becken an der Stirnwand unterhalb der Kanzel. Er könnte mit einer Falltür abgedeckt ..."

„Ich hab keine Falltür gesehen", fiel ihr Severin ins Wort.

„Ich denke, sie haben ihn zugeschüttet ... nachdem er ... voll war." Leonies Stimme zitterte. „Sie haben ..."

Ein höllisches Krachen erschallte über ihren Köpfen. Der Schock schüttelte sie wie Puppen durch. Etwas fuhr gleich einem Rammbock gegen die Decke. Mörtel fiel in Handteller großen Stücken herab. Ein Netzwerk von Sprüngen wurde sichtbar, als Carsten die starke Stablampe nach oben richtete. Im Zentrum der Sprünge hingen geborstene Latten und Strohbüschel heraus.

„Das war das Dach!", schrie Carsten auf. „Die Balken!"

Alle drei wichen bis unter den Türsturz zurück und starrten gebannt die Decke an, auf der das Licht der Taschenlampe einen weißen Kreis malte.

Einer der tragenden Balken musste aus seiner Verankerung gerissen worden sein, denn mit jedem Windstoß stürzten weitere Trümmer herab. Die Decke bebte unter dem Aufprall. Putz fiel wie wüster Eisregen herab. Das dünne Lattenwerk zerriss kreischend, und beim nächsten Stoß wölbte sich die Decke trichterförmig nach unten. Wie der Schädel einer Schlange fuhr das Ende eines Pfostens hindurch. Stroh und Holzsplitter landeten auf dem Boden, ein Teil davon im Kamin. Gleich darauf bildete sich eine winzige, feurige Lichterkette zwischen dem Kaminfeuer und dem Unrat auf dem Boden.

Carsten hechtete mit einem Satz vor und wollte die Funken austreten, doch da rasselte und scharrte etwas mit schrillem Ton an der Außenmauer vorbei. Fast gleichzeitig fuhr ein Windstoß durch den Kamin herunter, der die brennenden Späne aus dem Feuerloch schleuderte. Irgendetwas war da oben auf dem Dach passiert. Der Sturm schoss mit einer Wucht durch den Schlot, als blase er durch ein offenes Fenster.

„Der Kaminaufsatz ist weg!", schrie Severin. Kurz darauf fauchte auch schon die nächste Böe durch den ungeschützten Rauchfang.

Ein Sprühregen goldroter Fünkchen ging über den Raum hernieder. Überall nisteten sich kleine gefräßige Flammen ein: Im trockenen Holz der Schubladen, die auf dem Boden herumlagen, im Stroh und im Holzmoder, der von der zerstörten Decke herabfiel, in der uralten Tapete, die in Fransen und Fetzen von den Mauern hing.

Carsten versuchte immer noch verzweifelt, die größer werdenden Flammen auszutreten.

„Was stehst du so rum? Hilf mir!“, brüllte er Severin an.

Der schüttelte nur seinen Kopf. „Lass es doch brennen. Das ist das Beste, was der Bude hier passieren kann.“

„Aber es wird ...“ Carsten unterbrach sich mitten im Wort und sprang zurück, als ein tosender Windstoß aus dem Feuerloch fuhr.

Die Sturmböe entfachte all die winzigen Flammen und blies sie förmlich auf. An der zerfetzten Tapete schossen plötzlich meterlange Feuerschweife empor. Das alte Papier brannte in beißenden, übel riechenden Flammen. Das Strohgeflecht, das man zur Dämmung der Decke verwendet hatte, loderte wütend auf.

Die drei jungen Leute standen für einen Moment reglos da. Innerhalb von Sekunden war das Feuer zu groß geworden, um es auszutreten. Die Kommodenschubladen auf dem Boden lohten knackend auf, Feuerstreifen fraßen sich rasend schnell an der Tapete hoch und nagten an der Stelle, wo die Decke eingebrochen war. Jeder neue Windstoß fegte sengende Hitze und Rauch durch den Raum.

„Wir müssen raus!“ Carsten drehte sich wie irre im Kreis. „In ein paar Minuten steht hier alles in Flammen!“

Severin grinste seltsam schief. „Also doch kriechen, mein Alter, was?“ Urplötzlich wurde er jedoch wieder ernst. „Über die Straße dürfen wir wirklich nicht, da erschlagen uns die Äste ... Aber wir könnten über die Wiese nach unten rennen ....“

„Und ...?“, fragte Leonie gehetzt, brach aber mitten im Wort ab, da die Luft im Raum schlagartig dick wurde. Sie begann zu husten.

Dann rannten sie alle drei gleichzeitig zur Hintertür und stießen sie auf.

*

Brodelnde, schneegesprenkelte Schwärze tobte ihnen entgegen. Als Leonie nach draußen trat, war es, als stürze sie nicht in bewegte Luft, sondern in strudelndes Wasser. Sie musste sich augenblicklich niederkauern und die Arme vors Gesicht halten, um überhaupt atmen zu können. Der Nachthimmel über ihr war von einer wilden Jagd erfüllt, die in rasender Wut über das kleine Städtchen dahin ritt. Bäume krachten und splitterten. Irgendwo schlug etwas mit monotoner Wut aneinander, es klirrte und dröhnte. Der gequälte Wald rauschte im Sturm wie ein Wasserfall.

Leonie öffnete ihre Augen zu Schlitzen und sah die Wiese hell leuchtend in der Dunkelheit vor sich. Aufgewühlter Schnee tanzte in wirbelnden Schleiern über die Erde und wirkte wie feiner Nebel, der über der Wiese schwebte.

Leonie fühlte, wie sie links und rechts an den Kleidern gepackt wurde. Sie erkannte Severin, der mit ausgestreckter Hand deutete: Da runter!

Und er hatte Recht gehabt, als er sagte, sie würden nur kriechend vorwärts kommen. Sobald sich Leonie nur ein wenig aufrichtete, schleuderte der gewaltige Orkan sie unbarmherzig wieder zu Boden. Manchmal auf allen Vieren, manchmal fast auf dem Bauch, kroch sie durch den tiefen Schnee. Die beiden jungen Männer hatten sie in die Mitte genommen. Severin robbte vorneweg, Carsten blieb hinter ihr, um sicherzugehen, dass sie sich nicht verirrte oder liegen blieb.

Leonie hatte keine Ahnung, wie lange sie sich so durch die Nacht kämpften. Als sie die steile Wiese bei Tageslicht gesehen hatte, war sie ihr unbedeutend erschienen, eine schmale Schneise im Wald. Aber jetzt dehnte sie sich vor ihr wie eine endlose Wüste.

Und plötzlich wurde diese weiße Wüste blutrot. Flammen loderten so grell auf, dass die drei Körper lange, zappelige Schatten warfen. Die gesamte Wiese wurde erhellt, als die Villa hinter ihnen donnernd in Flammen aufging.

Severin wandte sich halb um und gestikulierte: Schnell! Schnell!

Sie krabbelten weiter hastig vorwärts. Sie krochen und stöhnten, versuchten, kurz gebückt zu laufen und mussten den Versuch sofort wieder aufgeben. Hinter ihnen prasselten die Flammen so wüst und laut, dass sie zuweilen den Sturm übertönten. Brennende Holzstücke flogen, von Luftwirbeln getragen, in weitem Bogen durch die rabenschwarze Nacht und landeten im Schnee, wobei sie wie Kometen Feuerschweife hinter sich herzogen.

Leonies Knie schmerzten, ihre Hände waren in den durchnässten Handschuhen taub gefroren. Schnee kroch von allen Seiten in ihre Kleider, in ihre Haare, in Augen und Ohren. Sie fühlte Schneeflocken an den Wimpern und im Mund. Manchmal erschien es ihr, als bewege sie sich in grotesker Zeitlupe vorwärts, dann wieder verlor sie das Gleichgewicht und rollte einfach ein Stück weit den Hang hinunter.

Leonie bemerkte, wie Severin sie am Arm packte. Er wandte ihr ein totenblasses Gesicht zu, in dem der Schnee klebte wie in ihrem eigenen. Er zog und zerrte sie mit sich, durch starr gefrorene Binsen, die im Sturm wie Peitschen hin und her schnellten. Carsten stolperte keuchend hinter ihnen her.

Plötzlich war da ein Loch im Boden, ein überwölbter Eingang ... Stufen ... Sie taumelten hinunter und kauerten sich an einer feuchten Wand in der Finsternis zusammen.

Leonie konnte endlich wieder tief durchatmen, nachdem der Sturm sie beinahe erstickt hatte. Ihre Lungen schmerzten. Sie hustete und rieb sich die Brust, bis sie einigermaßen wieder zu Atem kam. Sie wusste jetzt, wo sie waren. In den Ruinen der alten Geschirrfabrik, in irgendeinem halb eingestürzten Untergeschoss. Zweifellos gab es hier Ungeziefer, vielleicht sogar Ratten, aber im Augenblick war ihr das gleichgültig. Alles, was sie wollte, war Schutz vor diesem heulenden weißen Inferno da draußen.

Die Villa oben am Hang brannte lichterloh, doch der Sturm jagte jetzt mit solcher Wut und Geschwindigkeit dahin, dass von den Flammen nur ein verzerrter roter Schimmer zu sehen war, als betrachtete sie den Brand durch ein unregelmäßig geschliffenes Glas. Leonie hatte den Eindruck, dass auch der Wald brannte, denn die Flammen bildeten nun einen Halbkreis, doch das Bild schwankte und krümmte sich so sehr, dass sie nichts Näheres erkennen konnte.

Von ihren beiden Begleitern konnte sie nur Schatten erkennen, die an der Wand hockten, eng zusammengekauert, um die Wärme im Körper zu halten. Leonie kroch zwischen sie. Ihr war entsetzlich kalt, und noch schlimmer war, dass ihre Kleider widerlich klamm von Schweiß und Schnee waren. Sie rollte sich zähneklappernd wie ein Kleinkind zusammen.

„Was meinst du", hörte sie Carsten fragen. „Wie lange kann das dauern?"

„Keine Ahnung", antwortete Severin leise. Nach dem Klang seiner Stimme zu urteilen, klapperten ihm ebenfalls die Zähne. „So was habe ich noch nie erlebt."

Alle drei starrten sie wortlos den schwachen rötlichen Schein an, der durch den Schneesturm bis zu den Ruinen der alten Fabrik herunter leuchtete.

*

Leonie hatte jegliches Zeitgefühl verloren. Manchmal schlief sie ein und erwachte, weil ein Stein auf dem Boden sich schmerzhaft in ihr Gesäß drückte oder eine Stelle am Körper gefühllos wurde. Um sie herum war es stockdunkel, sie sah nichts und hörte nichts anderes, als das unablässige Jaulen und Heulen des Sturms vor dem Eingang des Kellers. Eine Hand umklammerte Carstens Linke. Severin musste ganz in der Nähe sein, aber sie nahm seine Gegenwart nur wahr, wenn er mit ausgestrecktem Arm an sie stieß oder seine Hand in ihre Kleider klammerte.

Auf einmal unterbrach ein anderes Geräusch das Pfeifen des Schneesturms. Ein Rumpeln und Poltern, als würde Stein auf Stein geschleudert.

Carsten hob den Kopf. „Was ist das?"

„Das Haus muss eingestürzt sein", antwortete Severin müde.

Er hatte Recht. Als sie beim Kellereingang hinausspähten, sahen sie statt des brennenden Gebäudes nur einen riesigen Gluthaufen, aus dem Flammen züngelten.

Dann saßen sie wieder stumm da. Leonie fragte sich plötzlich, was geschehen sollte, wenn der Sturm weiter andauerte. Wie lange konnte man es aushalten, bis man erfror? Oder an Erschöpfung starb?

Alle drei waren sie kräftige, junge Menschen, aber sie hatte gehört, dass eine Erschöpfung sehr schnell einsetzen konnte, dass der Körper plötzlich erschlaffte und seine Selbsterhaltungssysteme aufgaben. Ihr war nicht mehr kalt und sie freute sich darüber, bis ihr plötzlich klar wurde, dass es kein gutes Zeichen war. Eine trügerische Wärme umhüllte sie, ein angenehmes Schlafbedürfnis, trotz der harten Unterlage und des im Dunkel lauernden Ungeziefers.

Sie schlief ein, so behaglich, als liege sie in ihrem weichen Hotelbett.

*

Plötzlich erwachte sie, weil jemand sie mit ziemlich harten Stößen traktierte. „Hey ... Leonie ... wach auf ... bitte ... wach endlich auf!"

Sie raffte sich hoch. Um sie war es dunkel, viel dunkler als zuvor. Vom roten Schein des Feuers war kaum noch etwas zu sehen, auch der Sturm hatte nachgelassen. Nur noch ein steifer Wind pfiff durch die Nacht, unangenehm, aber nicht mehr lebensbedrohlich.

„Was ist?", murmelte sie. Ihr Körper fühlte sich an, als klebe sie in einer zähen, teerigen Masse fest. Es fiel ihr schwer, sich herumzuwälzen, um Arme und Beine zu bewegen. Ihre Lider brannten.

Severin, der am Eingang des Kellers kauerte, winkte ihr. „Sieh dir das an."

Sie kroch auf allen Vieren zu ihm hin, sie war so steif vor Kälte und Müdigkeit, dass sie nicht mehr gehen konnte. Die Augen halb zusammengekniffen, spähte sie hinaus. In der Dunkelheit am Waldrand glühte immer noch ein unheimlicher roter Schein, aber es war eine sterbende Glut. Die Ketzervilla war bis auf die Grundmauern niedergebrannt. Es gab noch ein paar glühende Spuren, wo Steine und Balken den Abhang hinunter gekullert waren. Am Waldrand hatten offenbar das dürre Gebüsch und das Unterholz gebrannt, doch die dichten, Schnee beladenen Tannen hatten dem Feuer getrotzt und standgehalten.

Plötzlich drang ein anderes Licht durch die Nacht. Scheinwerfer und das grelle Funkeln eines Blaulichts. Severin stieß einen unartikulierten Schrei aus und versuchte sich aufzurichten. Leonie erkannte, wie er – ein unbestimmter Umriss in der Dunkelheit – auf die Helligkeit des

Schnees draußen zuwankte und zu einer klar erkennbaren Silhouette wurde. Sie wollte es ihm gleichtun, doch ihre Beine waren wie Blei. Beim ersten Schritt schmerzten die Bänder, als sei die Verbindung zwischen Rücken und Beinen gerissen. Sie rief nach Carsten, doch der antwortete nur mit einem dumpf grunzenden Laut. Regungslos blieb er weiter auf dem Boden liegen.

„Lauf!", schrie sie Severin durch das Pfeifen des Windes hindurch nach. „Lauf doch!"

Ihre Stimme klang erschreckend heiser und schwach. Sie sah ihn über die Wiese stolpern, sah, wie der vom Wind aufgewühlte Schnee um seine Beine flog. Er schwankte, drohte zu fallen, raffte sich wieder auf und dann ... endlich erfassten ihn die Scheinwerfer.

Leonie schrie, so laut sie konnte. Sie legte ihre ganze Kraft in den Schrei, aber nur ein mattes Krächzen kam aus ihrer Kehle.

Carsten begann neben ihr zu stöhnen.

„Wo ... was ist?", stammelte er mit schwerer Zunge.

„Ein Auto! Ein Auto!", winselte Leonie.

Carsten raffte sich mühselig auf.

„... geschlafen", murmelte er. „So müde ..."

Aber als er zum Kellerausgang gestolpert war und sah, dass das Auto angehalten hatte, kehrten seine Lebensgeister zurück. Er winkte hölzern mit beiden Armen und schrie wie irre.

Es wäre nicht mehr nötig gewesen, denn Severin hatte das Auto bereits erreicht. Zwei Männer stiegen aus und er fiel wie eine Puppe vor ihnen in den Schnee.

ACHTES KAPITEL

Später konnte sich Leonie zwar erinnern, was weiter geschehen war, doch die Szenen verschwammen in ihrer Erinnerung zu einem schlecht geschnittenen Film. Irgendjemand hatte ihr eine Decke um die Schultern gelegt, stützte sie, half ihr in ein Auto. Sie wurde durch einen dunklen Gang geführt, kam in ein helles Zimmer, in dem Leute in weißen Kitteln saßen. Jemand begutachtete ihre Hände und Füße, ob sie Erfrierungen davongetragen hatte, maß ihren Blutdruck und klopfte ihr ermutigend auf die Schulter. Irgendjemand sagte, sie hätte eine eiserne Konstitution, keine Anzeichen einer Lungenentzündung. Wieder ein dunkler Gang. Ein Auto. Unbekannte Menschen, die ihr eine teppichbelegte Treppe hinauf halfen, in ein Zimmer ... ein frisch bezogenes Bett.

Dann tauchte Anna-Maria Schaller auf.

Leonie erinnerte sich plötzlich ganz deutlich. Sie war vier Jahre alt gewesen und hatte Masern gehabt, und da hatte diese Frau sie besucht. Seltsam, damals sah sie genau so aus wie heute ... als werde sie niemals älter. Ihr blondes Haar hatte immer noch diesen kristallenen Glanz ... einen Glanz wie frisch gefallener Schnee. Und ihre grünen Augen waren noch immer die Augen der Schneekönigin.

Sie reichte Leonie eine kleine braune Süßigkeit ... ein Schokobrezel? Eine Rumkugel? Leonie war vier Jahre alt und hatte Masern ... oder war sie siebzehn und halb erfroren?

Leonie krümmte sich zusammen, als ein heftiges Niesen ihre Nase geradezu explodieren ließ. Keine gefährliche Unterkühlung, doch eine ordentliche Erkältung würde ihr sicher nicht erspart bleiben.

„Trink nur und dann schlaf." Die Frau reichte ihr einen großen Humpen. Weiß, mit einer Schar kleiner blauer Gänse darauf, die rundum spazieren gingen. Leonie erinnerte sich genau, dass sie aus diesem Humpen auch damals zu trinken bekommen hatte. Damals hatte sie ihn kaum halten können, so groß und schwer war er gewesen.

Diesmal war er mit einer warmen Flüssigkeit gefüllt. Sie trank gierig, stellte das Trinkgefäß ab und lehnte sich in die Polster zurück. Eine angenehme Mattigkeit ergriff sie, wie nach einem zu reichlichen Essen.

Mit schwerer Stimme fragte sie: „Wie geht es Severin? Und Carsten?"

„Die sind beide in Ordnung. Schlaf jetzt." Die Frau stand auf, berührte für einen kurzen Augenblick ihre Wange und verließ dann den Raum, wobei sie das Licht abdrehte.

Leonie lag still. Ihr Kopf fühlte sich dumpf an, als sei er mit Lumpen vollgestopft. In ihrer Nase kribbelte es wieder, und Fieber durchzog ihren Körper mit einer unangenehmen, schweißigen Wärme.

Sie hörte immer noch das Rauschen und Winseln des Sturms draußen. Ein paar Mal funkelten Blaulichter unter ihrem Fenster auf. Die Ortspolizei hatte viel zu tun in dieser Nacht. Leonie bekam den Eindruck, immer tiefer in ihr Bett zu sinken, als sei es eine Grube in einem weichen, warmen Sumpf. Sie schloss die Lider.

Für einen Augenblick tobte noch der schaurige Anblick der brennenden Villa in ihrem Gehirn, dann schlief sie tief und fest ein.

*

Ein paar Tage lang war sie krank – richtig krank. Sie registrierte kaum, was um sie herum vorging. Die Stunden vergingen damit, dass sie schlief, duschte und Unmengen von dem Tee trank, den Anna-Maria Schaller ihr in einer großen Thermoskanne bereitstellte. Irgendwann ließ das Fieber nach, aber sie hustete und nieste noch immer und fühlte sich schlapp wie ein nasser Lappen. Den größten Teil des Tages verschlief sie.

Sie erwachte davon, dass jemand ihre Schulter rüttelte und sagte: „Hey, wach endlich auf, sonst verpennst du Silvester auch noch."

Sie öffnete mühsam die Augen und erkannte, dass Severin Schaller an ihrem Bettrand saß. Sein Gesicht war blass und eingefallen, er hatte entzündete Nasenlöcher, und seine Stimme rasselte ein wenig beim Sprechen.

Er lächelte sie an. „Kriegst du deine Augen so weit auf, dass du eine Tasse Kaffee und ein paar gebutterte Brötchen erkennen kannst?"

Leonie blinzelte, atmete tief durch, ermunterte sich schließlich so weit, dass sie sich aufsetzte und das Frühstückstablett auf dem Nachttisch stehen sah. Sie verspürte einen regelrechten Heißhunger. Mit zittriger Hand strich sie sich das Haar aus der Stirn, griff zu und trank in gierigen Zügen den heißen, starken Kaffee.

Allmählich wurde sie sich ihrer Umgebung wieder bewusst. Durch das Erkerfenster sah sie einen gleichmäßig grauen, langweiligen Himmel. Der Wind musste sich völlig gelegt haben, kein Laut war mehr zu hören.

Sie blickte Severin an. „Wie ... wie geht es dir?"

„Hab ein bisschen Fieber gehabt, aber jetzt bin ich wieder okay", sagte er. „Carsten geht's übrigens auch wieder gut." Sein Lächeln erlosch. „Wir haben eine schlimme und unvergessliche Nacht überlebt."

„Hat der Ort großen Schaden gelitten?"

„Mehr als das. Es hat drei Tote gegeben ... Eines der alten Häuschen am Hang drüben ist eingestürzt und hat das Ehepaar erschlagen, das darin wohnte, und ein Mann, der trotz des Sturms noch heimfahren wollte, wurde in seinem Auto von einem umstürzenden Baum getroffen und verunglückte tödlich."

„Wie lauten ihre Namen?", fragte Leonie leise.

Severin erwiderte unverwandt ihren Blick. „Das Ehepaar hieß Nosbeck und der Autofahrer Poschke."

Leonie schloss sekundenlang die Augen. „Was ist mit dem Haus?"

„Abgebrannt bis auf den Grund. Dein Großvater hatte es übrigens sehr eilig, sich um die Sache zu kümmern. Obwohl hier im Ort mehr als genug Schäden zu bearbeiten sind, war seine erste Sorge, den Brandplatz absperren zu lassen und die Reste der Ketzervilla einzuebnen. Und weißt du was?" Ein Glitzern trat in seine stachelbeergrünen Augen. „Niemand hat sich darüber beklagt. Für alle war es ganz selbstverständlich, dass erst mal da oben Ordnung geschaffen werden musste, bevor man sich um Kleinigkeiten wie blockierte Straßen und zerrissene Oberleitungen kümmern konnte."

„Es hat hier im Ort also viel Schaden gegeben?" Leonie wechselte nur zu gerne das Thema.

„Ja. Du wirst es sehen, sobald du wieder auf den Beinen bist ... Es sieht arg aus. Das Palmenhaus oben im Botanischen Garten ist ein Haufen Glasscherben, und ..."

„Ist dem Pfarrhaus etwas passiert?"

„Eine Menge Dachschindeln sind fort geflogen, aber das war, glaube ich, alles. Hier im Ort hat es zum Teil komplette Dächer abgetragen. Der Tankstelle unten an der Straßenkreuzung hat es die Blechverkleidung von einem

Ende zum anderen weggerissen. Unsere Kuppel, die kannst du vergessen. In Zukunft werden wir ein Hotel ohne Kuppel sein." Er grinste. „Aber was soll's, Mutter und ich, wir sind am Leben, und du und Carsten auch ... Und jetzt wird der Spuk ja wohl ein Ende haben, nachdem die Ketzervilla abgebrannt ist." Er merkte, was ihm da herausgerutscht war und verzog verlegen sein Gesicht. „So werden es wenigstens die Abergläubischen sehen."

Leonie nickte nur. Sie war von dem Frühstück so müde, dass ihr schon wieder die Augen zufielen. „Lässt du mich noch ein paar Stunden pennen? Dann bin ich wieder voll fit."

Er nickte, dann beugte er sich unerwartet über ihr Bett und küsste sie auf die Wange. „Das wolltest du doch früher, oder? Man kriegt immer, was man sich wünscht, egal wie lange man auch warten muss ..."

*

Ein paar Stunden später weckte sie ein weiterer Besucher. Es war ihr Großvater.

Er sah müde und verlegen aus und begann sofort, sich zu entschuldigen. „Ich weiß, Leonie, es sieht nicht gut aus, dass ich jetzt erst komme, aber Anna-Maria sagte mir, du würdest andauernd schlafen wie ein Stein, da wollte ich dich nicht stören ... Ich wusste doch, dass du deine Ruhe brauchst, nach allem, was du mitgemacht hast. Und außerdem ... Ich bin der Bürgermeister dieses Ortes, ich muss mich um die Sturmschäden kümmern ..."

Leonie nickte nachdenklich. „Du hast als Erstes die alte Villa einebnen lassen."

In seinem runzligen braunen Gesicht zuckte kein Muskel. „Stimmt. Der ganze Keller lag offen, da hätte leicht jemand hineinstürzen und sich verletzen können. Wir haben gleich all die verbrannten Balken und die alten Ziegel hineingekarrt und alles zugeschüttet. Sag mal, Leonie, du hast dich mit Severin und Carsten da oben allein herumgetrieben ... Hattest du denn keine Angst?"

Sie blickte ihn prüfend an. „Vor wem hätte ich Angst haben sollen, Großvater? Vor den Toten unten im Betsaal?"

Er schluckte, das war alles. Kurz darauf hatte er sich wieder im Griff und sah sie scharf an. „Ich habe dich für zu vernünftig gehalten, dass du dir Severins Gruselgeschichten zueigen machst. Ich habe dir doch gesagt, er ist ein Spinner. Er langweilt sich hier und unterhält sich damit, dummes Zeug zu reden. Du darfst ihm kein Wort glauben."

„Und wenn ich es doch tue?"

Diesmal ging er nicht einmal mehr auf ihre Frage ein. „Ihr habt Feuer gemacht, sagte mir Carsten Richter ... und dann riss der Kaminaufsatz ab, und der Sturm blies das Feuer in den Raum ... das stimmt doch, oder?"

„Ja. Ich habe fürchterlich gefroren, weil meine Kleider nass geworden sind. Wir wollten zum Auto, ich ging als Erste, aber ich hatte nicht damit gerechnet, dass es so stürmisch geworden war. Der Schneesturm riss mich buchstäblich die Treppe hinunter. Dann machte Severin Feuer, damit ich mich wärmen und ein bisschen trocknen konnte."

„Ich verstehe." Ihr Großvater zog ein Gesicht, als klappe er ein imaginäres Notizbuch zu. „Nun, das geht schon in Ordnung. Es ist ja nichts passiert. Das alte Gemäuer wäre ohnehin bald abgerissen worden. Tja ..." Plötzlich sah er verlegen aus. „Leonie, ich weiß natürlich, dass wir über eine Menge Dinge sprechen sollten, aber wie du siehst, bin ich im Augenblick unabkömmlich ... man schreit an allen Ecken und Enden nach mir. Ich fürchte, wir werden deinen Aufenthalt hier abkürzen müssen, bis sich die Lage wieder beruhigt hat. Vielleicht sagst du meiner Tochter ... sagst du deinen Eltern ... dass ich in den nächsten Wochen nach Köln kommen werde. Ich rufe sie an. Dann können wir über alles reden. Es wäre schade, wenn die Familie auseinanderfällt."

Er faltete seine kräftigen Hände mit einer feierlichen und zugleich verlegenen Bewegung auf den Knien. „Die Familie Rendel ist ... eine Familie von Bedeutung. Schon seit dieser Ort gegründet wurde, haben die Rendels hier entscheidend zum Gemeinwohl beigetragen. Das verstehst du doch, nicht wahr?"

„Natürlich", sagte Leonie.

Ihr Großvater erhob sich bedächtig. „Dann wirst du auch verstehen, dass wir der Gemeinschaft gegenüber eine Verpflichtung haben. Wir spielen in diesem Ort eine Rolle, Leonie. Eine sehr wichtige Rolle. Es wäre schade, wenn jemand von uns in den Ruf geriete, dass wir ... der Stadt gegenüber eine verächtliche oder illoyale oder am Ende sogar feindselige Haltung einnähmen. Siehst du, dein Vater hielt es seinerzeit für notwendig, Dingen nachzuforschen, die in der Vergangenheit liegen. Sachen, die nun einmal geschehen sind und nicht wieder ungeschehen gemacht werden können. Was hat es für einen Sinn, nach Leichen im Keller zu suchen? Macht sie das wieder lebendig? Nein. Es besudelt nur das Andenken unserer Vorfahren und schädigt unser eigenes. Ich fand die Haltung deines Vaters äußerst illoyal, und das war der Grund, warum ich gegen eine Heirat war. Wie kann man eine Familie, in die man einheiraten will, bloßstellen? Er hatte keinerlei Respekt vor unserem guten Ruf, unserem ehrlich verdienten Ansehen." Plötzlich lächelte er wieder. „Aber das kann ich von *dir* nicht glauben, mein Mädchen."

Er winkte ihr zu und verschwand nach draußen.

Leonie blickte ihm nach. Ärger und Resignation kämpften in ihr. Wie wichtig ihrem Großvater dieses Städtchen war. Wie wichtig, dass ja kein Schatten auf dessen Ehrbarkeit fiel – nicht einmal der Schatten eines vor hundert Jahren begangenen schrecklichen Verbrechens.

Jetzt verstand sie ihre Eltern. Früher oder später musste einem das alles die Luft abdrücken. Dieses Idyll mit seinen Leichen im Keller. Kein Wunder, dass ihre Eltern von hier geflohen waren.

Sie selbst, so nahm sie sich vor, würde nie wieder hierher zurückkehren. Vielleicht würde Cherry sie einmal in Köln besuchen. Oder Severin ... ein paar Stunden hin und wieder ließ es sich durchaus mit ihm aushalten, obwohl sie sich nicht vorstellen konnte, ihn tagelang ertragen zu können. Und sonst gab es eigentlich nur noch Carsten. Der studierte in Frankfurt, den konnte sie leicht wiedersehen.

Bei dem Gedanken an Carsten begann ihr Herz schneller zu klopfen. Sie fuhr sich automatisch mit der Hand durchs Haar, das nach dem ausgiebigen Schlaf in struppigen Zipfelchen in alle Richtungen abstand.

Doch wenn *er* nun gar keine Lust hatte, sie wiederzusehen? Oh, sicher hatte er Lust. Er war so nett zu ihr gewesen ... und er war ein so freundlicher, zuverlässiger Typ. Vielleicht wurde sogar noch etwas aus ihnen beiden, wer konnte das wissen?

Sie verkroch sich unter ihre Decke, um den unterbrochenen Schlaf fortzusetzen, und um von Carsten zu träumen.

NEUNTES KAPITEL

Am nächsten Tag erst fand Leonie Gelegenheit, zu sehen, wie schwer der Sturm in dem kleinen Städtchen gewütet hatte. Im Ort kam man gar nicht mit den Aufräumungsarbeiten nach, so viel war beschädigt worden. Entwurzelte Bäume hatten Fenster eingeschlagen und Autos zerquetscht. Die Dächer von Schuppen und Gartenhäusern waren abgerissen und oft meterweit vom Sturm fort getragen worden.

Zäune waren zu Boden gepresst, Gartenlauben platt gewalzt, Reklameschilder lagen zerdrückt im Dreck. Von einer Halle in Bahnhofsnähe hatte der Sturm das Leichtmetalldach abgerissen und wie ein riesiges Segel durch die Luft gejagt, während der Inhalt der Halle aufgewirbelt und in der Gegend verstreut worden war.

Leonie schritt neben Carsten durch die verwüstete Ortschaft. Die Sonne schien, eine schwache, silbrige Wintersonne, sie tauchte die Landschaft in blasse Eiscremefarben. Das Städtchen wurde vom Lärm der Aufräumungsarbeiten durchdrungen, aber als die beiden jungen Leute sich vom Ortskern entfernten und die Gasse zum Pfarrhaus hinaufstiegen, breitete sich Stille um sie aus.

An der kleinen Pforte in der Tamariskenhecke blieb Leonie stehen. „Carsten? Meinst du ... dass an alledem wirklich etwas dran war?"

„Woran etwas dran war?"

„Na ja ... Fluch und Spuk ... und so weiter."

Er hob langsam die Schultern und ließ sie wieder fallen. „Das weiß ich nicht, Leonie. Wahrscheinlich spricht ebenso viel dafür wie dagegen. Aber ich bin trotzdem froh, dass dieses merkwürdige Haus nicht mehr steht."

„Darüber ist hier wohl jeder froh." Sie fragte sich, was geschehen wäre, hätte man in den verkohlten Fundamenten der Brandruine gewühlt. Was hätte man darin gefunden? Menschenknochen? Greifbare Überreste einer hundert Jahre alten Schandtat? „Sie haben den Brandplatz eingeebnet, habe ich gehört."

Carsten nickte. „Sie sind mit einem Raupenschlepper angefahren und haben all die Steine und verkohlten Balken und die übrigen Brandreste in den Keller ... den alten Betsaal ... geschoben, bis er ganz aufgefüllt war. Dann haben sie die Oberfläche planiert."

Leonie schritt mit gesenktem Kopf weiter. Ein Vers aus einer alten Ballade ging ihr durch den Kopf.

Sie pflügten den Boden stumm und schnell
und säten Salz in die Ritze
und türmten Steine darüber zuhauf
und setzten ein Kreuz auf die Spitze.

Wie von ferne hörte sie Carsten sagen: „Im Sommer werden schon Gras und junge Büsche darauf wachsen. Und da wir von Sommer sprechen. Würdest du ... mir deine Adresse geben? Ich reise bald ab. Mein Onkel hat die Handwerker im Haus, da finde ich keine Ruhe mehr zum Lernen ... ich muss nach Frankfurt zurück. Wenn du magst, rufe ich dich an, und wir könnten vielleicht ... na ja, einen Kaffee trinken gehen oder ins Kino oder vielleicht ins Museum ..."

„Bloß nicht in ein Heimatmuseum."

Carsten stutzte, dann lachte er leise. „Nein, das sicher nicht."

*

Am nächsten Morgen stand Leonie Helderkamp mit ihrem Großvater auf dem Bahnhofsvorplatz. Die Gleise zeigten wie immer nur in eine Richtung.

Es war ein trüber Tag, grau und unfreundlich, doch Leonie war in ausgezeichneter Stimmung. Ihre Laune war so gut, dass sie sich zwingen musste, sie nicht allzu offenkundig zu zeigen, schließlich besaß ihr Großvater ein empfindliches Naturell. Sie freute sich sehr, dieses merkwürdige Städtchen endlich wieder verlassen zu können. Sie sehnte sich nach Lärm und Abgasen, grell blinkenden Neonreklamen, unfreundlichen Taxifahrern und Mauern voll mit obszönen Graffiti.

Auf der Fahrt vom Rathaus zum Bahnhof hatten sie nur über Nebensächlichkeiten geredet. Leonie hatte im Großen und Ganzen ausgeführt, was sie auf Wunsch ihrer Familie erreichen sollte. In ihrer Reisetasche steckte ein Brief ihres Großvaters an ihre Eltern und eine große Flasche hausgemachten Kräuterschnaps vom Weihnachtsmarkt.

Bürgermeister Rendel hatte sichtlich Angst gehabt, sie könnte ihn nochmals mit unerwünschten Fragen bedrängen, und sich in eine ausführliche Schilderung der Sturmschäden und der Instandsetzungsarbeiten geflüchtet. Und Leonie hatte mehrmals das bizarre Bedürfnis empfunden, ihn zu fragen: *Und du bist sicher, dass es nicht Pfarrer Weimar war, der euch diesen Sturm geschickt hat – als Rache dafür, dass man ihn und seine Anhänger damals ohne Recht und Gesetz gehängt hat?*

Aber sie bezwang sich. Es hatte keinen Sinn. Die Leute in diesem Städtchen mussten mit ihren zugeschütteten Geheimnissen selbst fertig werden.

Auf dem Bahnhofsvorplatz erkannte Leonie Irene Oberon. Sie war offensichtlich gerade aus ihrem Urlaub zurückgekehrt und ebenfalls in bester Stimmung. Warum auch nicht, Weihnachten war vorbei, und sie besaß einen interessanten Ehemann.

Irene erkannte Leonie spät und erschrak, als sie fast mit ihr zusammenstieß. Sie schlug die Hände vor den Mund und riss ihre blauen Augen riesengroß auf.

„Oh ...", stotterte sie. „Oh ... Sie haben ... mich erschreckt."

„Das tut mir leid." Leonie lächelte charmant. „Ich wollte Ihnen nur sagen, Sie sollten sich freuen, dass ich den Weihnachtsfluch lebend überstanden habe, obwohl ich leider Ihre schriftliche Warnung nicht ernst genug genommen habe."

Irene sah verunsichert zu Jörg Rendel, der sich diskret außer Hörweite hielt.

„Ich ... ich konnte nicht anders", flüsterte sie. „Ich durfte Sie doch nicht ins Verderben rennen lassen. Sie sind so jung, und Sie waren so lange nicht mehr hier ... Ich wollte, dass Sie eine Chance haben."

„Wissen Sie schon, was geschehen ist?", fragte Leonie.

Irene presste ihre Lippen zusammen und schüttelte stumm den Kopf.

Leonie konnte sich ein freudloses Lachen nur schlecht verkneifen. „Das glaube ich Ihnen nicht. Trotzdem: Danke für den Brief. Ich muss los ... mein Zug kommt bald."

Sie ging zu ihrem Großvater, nahm ihm wortlos beide Koffer ab und hielt still, als er ihre Wangen zum Abschied küsste.

Als sie nah an der immer noch regungslosen Irene Oberon vorbeischritt, regte sich in ihr eine Kraft, die sie zwang, der Frau etwas zuzuflüstern: „Ich liebe mein zweites Leben."

Die Autorin

Barbara Büchner wurde 1950 in Wien geboren. Sie arbeitete für verschiedene Tageszeitungen und Magazine. Bekannt wurde sie durch ihre Fantasy-Romane für die Serie *Das schwarze Auge,* sowie zahlreiche Grusel- und Mystery-Romane. Unter dem Pseudonym Julia Conrad schrieb sie mehrere sehr erfolgreiche Fantasy-Romane für den Piper-Verlag.

Ihre Arbeiten wurden mehrfach ausgezeichnet. 1977 erhielt sie den Österreichischen Staatspreis für journalistische Leistungen im Interesse der Jugend.

Im BLITZ-Verlag sind weitere Titel der Autorin geplant.

DER BUTLER
IM SIEGERLAND!
Edmund Diedrichs
SETZT AUF SIEG!
BLITZ
Margret Marbely, eine steinreiche Lady aus London, beerbt ihren überraschend früh verstorbenen Cousin aus Königstein im Taunus. Um das gigantische, jedoch sehr bedeckt gehaltene Firmenimperium des geliebten Verwandten aus Deutschland in Augenschein zu nehmen, übersiedelt die schrullige Lady ins Siegerland. Zu ihrer Unterstützung engagiert sie einen vornehmen Butler, der neben zahlreichen Spezialausbildungen auch hochkarätige Geheimnisse verinnerlicht hat.
Als Lady Marbely mit ihren neuen Geschäftsführern eine marode Fabrik in Siegen begutachten möchte, trachtet man ihr nach dem Leben. Ihr Butler ist jedoch bestens vorbereitet und läuft ad hoc zur Höchstform auf.
DER BUTLER SETZT AUF SIEG
von Edmund Diedrichs
Regio-Crime
160 Seiten, Hardcover, 9,95€
ISBN 978-3-89840-291-0
www.BLITZ-Verlag.de
BLITZ

Teuflisch gute Unterhaltung!
FRANK SCHWEIZER
GOTT
BLITZ
Roman
ISBN 978-3-89840-287-3
Necrologio
DEUTSCHE PHANTASTIK DER GEGENWART
ZUSAMMENGESTELLT VON JÖRG KLEUDGEN
BLITZ
ISBN 978-3-89840-285-9
BLITZ